賢者の孫 Extra Story 2

張子の英雄

吉岡 剛

FB
Famitsu Bunko
ファミ通文庫

イラスト／菊池政治

賢者の孫

Contents

Extra Story 2

プロローグ

世界に名だたる大国、アールスハイド王国。

農作物の生産量も多く、数多くの工芸品を生産する、まさに世界を代表する国である。

その世界有数の大国で、信じがたい事件が起こった。

こともあろうに、人間が魔物化したのである。

その魔物化した人間、魔人はアールスハイド王国に牙を剝き、いくつもの村や街を焼き払った。もちろんアールスハイド王国もただ指を咥えて見ていただけでなく、軍の精鋭による討伐隊を送り込んだ。

だが最初に送り込んだ討伐隊は全滅。そして、その後の討伐作戦も全て失敗した。

その報告はアールスハイドの周辺国も知ることとなり、アールスハイド国民だけでなく、世界中の人間が世界の終わりを予感した。

しかし、世界中の誰もが絶望しかけたそのとき、二人の人間が現れた。

一人は、アールスハイド王国内において最強の魔法使いと名高いマーリン＝ウォルフォード。

そしてもう一人はマーリンの妻で、生活に役立つ魔道具を作り出し民衆の導き手と呼ばれるメリダ＝ウォルフォードである。

二人は瓦解寸前のアールスハイド軍の前に颯爽と現れ、瞬く間に魔人を討伐した。

アールスハイドだけでなく世界の危機を救った英雄として、マーリンとメリダは世界中で認知された。

その影響は大きく、常にアールスハイドを狙っているブルースフィア帝国にも及んだ。

魔人により大きく軍事力が削られてしまったアールスハイドに攻め入る絶好のチャンスだったにもかかわらず、ブルースフィア帝国にその侵攻を思い止まらせたのだ。

マーリンとメリダに対する称賛の声は日に日に大きくなり、その活躍を記した書籍の発行、舞台の上演、数多くの貴族たちからのパーティーへの誘いなど、二人の周囲は常に騒がしかった。

まさに英雄にふさわしい扱いを受ける二人だったが、二人はその境遇を疎ましく思っていた。

なぜなら二人が討伐した魔人は、二人の学生時代からの友人であったからである。友人を倒したことで英雄視されることを二人はどうしても受け入れることができなかった。

そして、二人が魔人を討伐してから数年が経った。

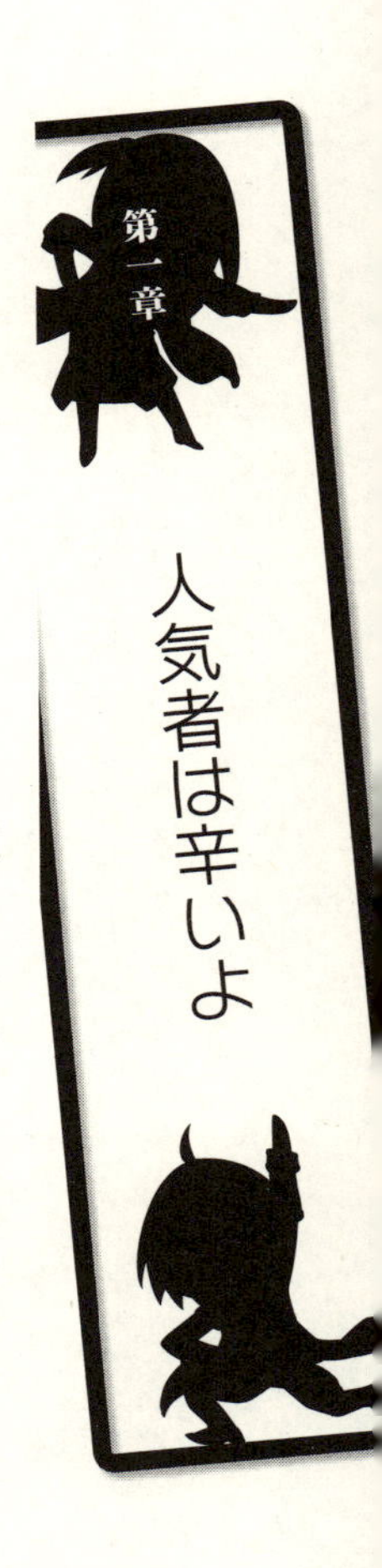

第一章　人気者は辛いよ

「ウォルフォードさぁん。お願いしますよぉ」

「しつこいぞ！　インタビューなんか受けねえって言ってんだろうが！」

アールスハイド王都にあるウォルフォード家の玄関先で、新聞記者と思われる男性とマーリンが言い争っている。

この世界では活版印刷が普及しているので、新聞も普通に発行されている。

新聞は数紙発行されているのだが、各社がこぞって狙(ねら)っているのが英雄マーリン＝ウォルフォードの独占インタビューであった。

英雄のインタビューが載(の)っているとなれば、新聞の売り上げ増は間違いない。

そこで新聞各社は、マーリンにインタビューの申し込みをしに来る。

そのことにマーリンはいい加減辟易(へきえき)していた。

「はぁ……ったく、しつけえな！」

新聞記者を追い返したマーリンは、玄関の扉を閉じてすぐに溜め息を吐(つ)いた。

　最近の日課になってきている新聞記者とのやりとりに、うんざりしている様子がありありと見て取れる。

　そんなイライラしているマーリンに声を掛ける者がいた。

「父ちゃん、また新聞記者？」

「ああ。ったく、なんで俺なんかのインタビューを載せたがるんだろうな？　スレイン」

　声を掛けたのは、マーリンとメリダの一人息子のスレインだった。

「しょうがないよ父ちゃん。父ちゃんって英雄って言われてんだからさ」

「英雄ねえ……」

「俺も学校で大変だもん。お前んちに遊びに行っていいかって毎日聞かれるよ。父ちゃんと母ちゃんに会いたいって」

「そうか……悪いなスレイン」

「別に気にしてないからいいよ」

「お前、本当にいい子に育ったなあ……」

　スレインは今十四歳、中等学院の三年生だ。

　この年頃の子供は、通常なら思春期真っ只中で反抗期なのが普通だ。

　だがスレインにその様子はない。

　なにせ、父親は人類史上初の魔人を討伐した英雄。

この世に敵う者などいないのだ。

逆らうなど考えたこともない。

それに……。

「母ちゃんに逆らうくらいなら災害級の魔物に立ち向かった方がマシだって……」

「分かる……」

母親は鬼より怖いのだ。

学生時代からそのことを骨身に染みて知っているマーリンは、スレインに深く同意した。

するとそこへ……。

「災害級がなんだって?」

スレインの母親であるメリダが現れた。

突如現れたウォルフォード家の支配者に、マーリンとスレインはビクッと体を強張らせる。

そんな男二人の様子を見てメリダはジト目になる。

「なんだい? なにか良からぬことでも相談してたのかい?」

「い、いやっ! 別に!」

「そ、そうだよ母ちゃん! えーっと、そう! 父ちゃんに進路のこと相談してたんだ!」

「ふーん？」

　スレインが幼かった頃はまだ娘っぽいところもあったメリダだが、成長し手が掛かるようになると段々肝っ玉母さんのような威厳を醸し出すようになってきた。

　マーリンのような手が掛かる旦那がいるので尚更だ。

　しばらく冷や汗を流すマーリンとスレインをじっと見ていたが、それ以上追及するのは止めてスレインに語り掛けた。

「まあ、いいけど。それよりスレイン、今日の課題はやったのかい？」

「母ちゃんの分は終わった」

「学院のは？」

「……今から」

「じゃあ早くやりな」

「はーい」

　スレインはそう返事をすると、学院から出されている課題を片付けに自分の部屋へと戻っていった。

　その背中を見ながら、メリダはそっと溜め息を吐いた。

「本当にどうしようかね、あの子の進路」

　というのは、先ほどスレインが言った『母ちゃんの分は終わった』という言葉に関係がある。

スレインはマーリンとメリダの子だからなのか、魔法使いの素質があった。

男の子だし、なにより父親がアールスハイドの英雄『賢者』マーリンだ。

誰もが魔法師団に入るか優秀なハンターになると、そう思っていた。

だが、スレインの選択は違った。

彼は、魔道具士になることを希望したのだ。

これに中等学院の教師は困惑した。

身近に最高のお手本があるのに勿体(もったい)ないと皆が説得したが、スレインの意志は固く、希望を変えることはしなかった。

なのでスレインは進学せず、メリダに弟子入りするつもりだった。

しかし、メリダの心境は複雑だった。

魔道具士になりたいというスレインの希望は嬉しいが、高等魔法学院で得られることも多いので、進学してほしいという思いもあるのだ。

だがスレインからすれば、現代最高の魔道具士が母親として側にいるのに、わざわざ学院に通うのは無駄だと思っており、進学する意思は全くない。

そのことが、メリダを悩ませていたのだった。

「別にスレインの好きにさせればいいじゃねえか」

「あの子の希望は尊重するけど、それ以外の可能性を示すのも親の役目なんだよ」

「そんなもんかね」

「アンタだって、進路にはお義母さんの意向を汲んでたじゃない」

「恥ずかしい過去を思い出させるんじゃねえ！」

「おや、また喧嘩かい？」

マーリンとメリダがいつもの言い合いをしていると、マーリンの母サンドラが奥から出てきた。

「お義母さん、動いて大丈夫なんですか？」

「ああ、今日は気分が良くてね。それよりどうしたんだい、大きな声を出して」

サンドラは数年前に体調を崩し、それ以来自室で静養することが多くなった。

以前はマーリンを殴り飛ばすほどの女傑だったが、そのドラ息子が結婚して落ち着き子供まで生まれると以前の威勢のよさは鳴りを潜めた。

落ち着いてしまった上に病気をしたからなのか、元気がないように見える。

メリダは、すっかり小さくなってしまった義母を、心配そうに見ながら答えた。

「なんでもないんですよ。ちょっとスレインの進路のことで相談してただけですから」

サンドラは、可愛い孫の話が出たことで嬉しそうに笑った。

「あの子は優しい子だねえ。アタシのこともいつも気にかけてくれるし、それに魔道具士になりたいんだって？」

「ええ、そうなんですけど……やっぱり高等魔法学院を受験することも決して損にはならないと思うんですよ」

「そうだねえ。そう言えば、アンタたちが出会ったのも高等魔法学院だったね」

サンドラがそう言うとマーリンとメリダは揃って顔を赤くした。

「はっはっは、なるほど。学院は勉強だけじゃないと言える最大の理由だねえ」

「お、お義母さん！」

「まあ、いずれにしても決めるのはあの子だよ。親は子の決めたことがよほど愚かでない限り口出ししちゃあいけないよ」

「おい、俺が高等魔法学院に行かないでハンターやるっつったら猛反対したじゃねえかよ」

「それが愚かな決定だって言ってんのさ。いい年して分からないのかい？」

「こっ、この……」

「それより、当たり前のように高等魔法学院が進路に入ってるけど、受かりそうなのかい？」

「ええ、魔道具士になるにはちゃんと魔法が使えないといけないですから、その辺はしっかりと教えてます。多分問題ないですよ」

「そうなのかい、優秀なんだねえ」

サンドラは、キレるマーリンをよそにメリダと孫の成長を嬉しそうに語っていた。

そして、無視されたマーリンは、

「……ちょっとは構ってくれよ」

部屋の隅でいじけていた。

◆

「はあ、そうですか。高等魔法学院から」

「そうなんだよ、スレインを受験させろってうるさくてよ。受ける受けないは個人の自由だって、そっちからも言ってくれよ。ディセウム王太子殿下さんよ」

先日のメリダとの進路相談から数日後、ウォルフォード家はある客人を迎えていた。

アールスハイド王国王太子ディセウムである。

先の魔人討伐戦に学徒動員で参加したディセウムは、魔人となったカイルに殺される寸前でマーリンに助けられた。

そのことから、ディセウムはマーリンに恩義を感じ対等な友人関係を望み、時々家に遊びにくるようになった。

「分かりました、私の方からも学院に言っておきます」

「ああ、頼むわ」

こうして横柄にものを頼むマーリンをメリダが叱責した。

「ちょっとマーリン、殿下にものを頼む態度じゃないでしょ！」

メリダはそう言うが、ディセウムには気にした様子はない。

「いやいや、構いませんよメリダ殿。マーリン殿はこうでなくてはいけない」

「は、はあ……」

マーリンだけでなく、この人も変わっているなとメリダは心底思う。

そう思っている横で、マーリンは心底不思議そうに首を傾げていた。

「それにしても、なんでこんなに勧誘してくんのかねえ。確かにスレインは優秀だと思うけど、飛び抜けてって訳じゃねえぞ？」

そんなことを言うマーリンに、ディセウムは苦笑した。

「スレインには申し訳ないですが、マーリン殿とメリダ殿の息子ですからね。英雄の子を自分たちで教えたいんでしょう」

ディセウムはそう言うが、マーリンは自分が英雄だなどとは全く思わなかった。

「ちっ、まったくウザったくてしょうがねえぜ。こんな……」

機嫌悪く舌打ちしたマーリンだったが、言葉の途中で表情に影が射した。

「……こんな親友も助けられなかった奴によ……」

　その言葉にメリダも、ある程度の事情を知っているディセウムも沈痛な面持ちになった。

　どうにも沈んだ空気になってしまったが、丁度その時に玄関の扉が開いた。

「ただいま！　っと、えっ？　な、なにこの雰囲気？」

「あ、ああ、おかえりスレイン」

「うん、ただいま母ちゃん」

「やあ、お邪魔しているよ」

「あ！　やっぱりディス兄ちゃん！　いらっしゃい！」

　沈んだ空気を変えてくれたスレインに感謝しつつディセウムが迎えると、スレインは嬉しそうにそう言った。

　慌てたのはメリダである。

「こ、こら！　殿下って言いなさい！」

「はは、構いませんよメリダ殿。おかえりスレイン」

「うん、ただいま」

　ディセウムはスレインからの返事を笑顔で受けると、さて、と立ち上がった。

「マーリン殿、メリダ殿、それではそろそろお暇します。スレイン、またね」

「え、もう帰るの？」

スレインは、顔を合わせてすぐに帰るというディセウムに不満の声をあげる。

こうしてウォルフォード家をよく訪れるようになったディセウムに対し、スレインは意外なほど懐いた。

カイルという、優しくて大好きだったおじさんを亡くした直後に知り合ったというのもあるのだろう。

年も近いことから、ディセウムを兄のように慕ったのである。

自分が帰ることに不満を漏らすスレインに対し、少し笑ったディセウムはスレインの肩をポンと叩いて言った。

「はは、これでも忙しい身だからね。あんまり長く息抜きをしていると煩く言う者もいるのさ」

「ちぇ、なんだ」

「また今度ゆっくり遊びにくるよ。それではマーリン殿、メリダ殿。また来ます」

「ああ」

「御機嫌よう」

ディセウムはそう言うと、手をヒラヒラと振って家を出て行った。

その直後から、家を取り囲んでいた兵士たちがガヤガヤと移動し始め、家の前に停まっていた馬車が動き出したのが分かった。

「相変わらずディス兄ちゃんが来てるとすぐ分かるよな。家の周り兵士でいっぱいだもん」

「近所迷惑な話だ」

「まったくこの二人は……相手は大国の王太子なんだよ？　もうちょっと態度に気を付けなよ」

「ディス兄ちゃんが畏まるなって言ってるんだし、いいじゃん。それよりさ、さっき雰囲気おかしかったけど、何かあったの？」

家の周りの様子から、家にディセウムが来ていることにスレインは気が付いていた。

家の周りに護衛が沢山配置されているからである。

兄のように慕っているディセウムが来ているので喜んで家に入ると、沈痛な雰囲気の三人がいた。

何かあったと思う方が自然である。

「ああ、別に大したことじゃないよ」

「なんだよ、大人はすぐそうやって隠し事するよな」

メリダに素直に答えてもらえなかったことで、スレインは少し拗ねるような態度を取った。

その様子がおかしくて、マーリンは吹き出した。

「ぷはっ！　そういう態度が子供っぽいっつうんだよ」

「もうすぐ成人だよ！」

ムキになるスレインを見て、マーリンはますますおかしくなった。

だが、あまり隠し事をすると子供に不信感を与えると思ったマーリンは、ちょっとごまかしてスレインに伝えた。

「お前の進路をどうしようかって話し合ってたんだよ」

「え？　俺の？」

「おう。やっぱり高等魔法学院には行かないのか？」

「またその話？　行かないって言ってんじゃん」

今まで何度となく話し合ってきた話題をまた出されて、スレインはちょっとウンザリした態度で応えた。

「でもねえ、アタシだって魔道具士になる基礎は高等魔法学院で教わったんだよ？」

マーリンとスレインの会話にメリダも加わった。

するとスレインは、メリダの言葉に乗っかった。

「だからさ、その母ちゃんから教われば俺は学院に通わなくてすむじゃん」

スレインのその言葉にメリダは違和感を覚える。

「通わなくて『すむ』？」

「あ」

「あんたまさか、高等魔法学院に行きたくない理由って、もう勉強したくないからとか言うんじゃないだろうね？」

「い、いや！　違っ……無駄、そう！　無駄がなくて良いって話で！」

必死に言い訳をするスレインを見ていたメリダは、プルプルと震え出した。

「このお馬鹿!!　アンタはやっぱり高等魔法学院に行って勉強してきな！」

「うえっ!?　そ、そんな！　第一、今から受験勉強したって間に合わないよ！」

「魔道具士の修行で、ある程度は魔法知識を教えてるだろ！　筆記はそれでなんとかなる！　後は実技をみっちり鍛えてあげるよ！」

「と、父ちゃん！　助けて！」

自らの失言で不測の事態を招いたスレインが、マーリンに救いを求める。

だが……。

「諦めろスレイン」

「そ、そんな！」

「怒れるメリダから助けてやるなんて……そんなこと、俺には無理だ」

「とーちゃーん!!」

「アンタたちは‼　アタシをなんだと思ってるんだい‼」

最終的にマーリンまで巻き込んで大騒ぎする三人。

その騒ぎを聞きつけて、奥からサンドラも出てきた。

「おやおや、相変わらず仲がいいことだねえ」

「「違う‼」」

「違うってなんだい！　違うって！」

そんな三人を、サンドラは微笑んで見ていた。

だがその時、突然の眩暈に教われたサンドラは、その場に倒れかけた。

「危ねえっ‼」

「ばあちゃん⁉」

「お義母さん⁉」

床に倒れる寸前にマーリンが抱き留めて事なきを得た。

ホッとするスレインとメリダだったが、抱き留めたマーリンは弱々しいサンドラの様子に眉をひそめる。

「ああ、すまないねえマーリン。年は取りたくないもんだ」

「……あんま無理すんな。部屋で寝てろよ」

「でもねえ、メリダさんに全部押し付けるのも……」

「いいんですよお義母さん。生活用の魔道具も沢山あるんですし、一人で大丈夫ですから」

「ふふ、そうだったね。メリダさんはその魔道具の開発者だったねえ。それじゃあお言葉に甘えて休ませてもらおうかね」

サンドラはそう言うと、マーリンに付き添われて自分の部屋に戻っていった。

母を部屋まで送り届け戻ってきたマーリンは、沈痛な表情で呟いた。

「お袋……もう長くないかもしれねえな……」

「……」

「え⁉　う、嘘だ！」

マーリンの言葉に、メリダは無言だったが、スレインは信じられないとばかりに叫んだ。

「なあ、嘘だよな父ちゃん！」

「……覚悟はしとけ」

「そんな……」

マーリンはスレインに、軽々しく大丈夫だなんて言えなかった。

それほどサンドラは弱っている。

ひょっとしたら、明日の朝起きてこないかもしれないと思うほどに。

メリダも薄々そんな気はしていたのだろう。

黙ったまま何も言わなかった。

しばらく沈んだ空気が流れていたが、スレインが何かを思いついた。

「なあ、母ちゃん。高等魔法学院の試験って難しいのか？」

「え？」

「俺、本当に合格できる？」

「スレイン、アンタ……」

「俺、高等魔法学院受験するよ。合格したら、ばあちゃんも喜んでくれるよな？」

さっきまで、高等魔法学院を受験しないと頑なに拒んでいたスレインが、急に受験すると言い出した。

しかもその理由が、祖母であるサンドラに喜んでもらいたいからだという。

メリダはそのスレインの気持ちが嬉しくて、笑顔になる。

「そうだね。なんせお父さんだって受かったんだ。アンタなら絶対受かるよ」

「そっか、そうだよね」

「おい」

「お父さん、実技はトップだったけど筆記はボロボロだったらしいからね。それでもSクラスで受かったんだから大丈夫だよ」

「母ちゃん。俺、なんか急に受かる気がしてきたよ！」

「テ、テメエら！」

マーリンがキレるが、スレインとメリダの話はもう具体的な受験対策に移行しており、騒いでいるマーリンは二人に「うるさい！」と怒られてしまった。

あまりにも理不尽な仕打ちに、マーリンはガックリと肩を落として部屋の隅でいじけていた。

「とは言っても試験までもう数日もないし、筆記で稼いだ方がいいだろうね。今まで教えたことを復習すれば大丈夫だよ」

「分かった」

マーリンをよそに、スレインとメリダは真剣に話し込んでいた。

サンドラに喜んでもらいたいからと、高等魔法学院を受験することにしたスレインを見ながら、部屋の隅で落ち込んでいたマーリンはある決意をした。

◆

数日経ったある日、ウォルフォード家にある客が訪れていた。

その客は、マーリンからあることを告げられると身を乗り出して叫んだ。

「ほ、本当ですか⁉」

「うわっ！　汚ねえな！」

「あ、す、すいません」

「……まあ、いいけどよ」

客は新聞記者で、告げられたのは予て（かね）より依頼していたインタビューを受けてもいいという返事。

ずっと断られ続けてきたことから、半ば諦めていたその記者は、突然の報せ（しら）に思わず唾（つば）を飛ばしながら叫んでしまったのだ。

マーリンは、飛んできた唾を拭きながら、そんなに興奮するもんかねと内心で思う。

なにせ、例の魔人騒動から数年経過しているのだ。

「っていうかよ、俺のインタビューなんか、今更読みたいって奴いるのか？」

「何を仰（おっしゃ）ってるんですか‼」

「うわっ！　だから汚ねえって！」

「今まで一度もインタビューを受けられなかったマーリン様がようやく言葉を発してくれるんですよ⁉　アールスハイド王国民……いえ、全世界が待ちわびていたと言っても過言ではないんです！」

「お、おお」

「本当に分かってらっしゃいますか⁉」

「分かんねえよ！」

とにかく興奮する新聞記者に、このインタビューがどれだけ凄いのか熱弁されても
マーリンにはイマイチピンとこない。

そんなマーリンをよそに、新聞記者のテンションは上がりっ放しで中々会話にならない。

やがて、自分を必要以上に褒め称える新聞記者にイライラしてきたマーリンが、もうその辺にしないとインタビューの話はなしにするぞと脅すと、記者はすぐに態勢を整えてインタビューを開始した。

意外なことだが、マーリンは記者に対して実に誠実に対応した。

魔人化したカイルとは中等学院時代からの親友であったこと。

高等魔法学院でもお互いに切磋琢磨しあい、実力を伸ばしたこと。

メリダと出会ったのもそこでだと話した。

そして、悲しいことだが魔法師団の腐敗に巻き込まれたカイルが魔人化してしまい、断腸の思いでそれを倒したこと。

そこに達成感などないことも話した。

今まで国の上層部しか知らなかったマーリンの心情を聞いて、記者は驚きを隠せなか

ったが、同時になぜ今までマーリンがインタビューを受けなかったのか、その理由も分かった。

だが、理由が分かると今度はなぜインタビューを受けてくれたのかと疑問が湧いてくる。

記者は最後にそのことを聞いてみた。

するとマーリンは、少し寂し気な表情をして語った。

「俺のお袋がな、もうあんまり長くなさそうなんだ」

「えっ、そ、それは……」

思いがけない告白に、記者も鼻白(はなじろ)んだ。

その記者の様子に、マーリンは気にするなと手を振る。

「で、ウチの倅(せがれ)がよ、お袋……ばあちゃんに喜んでもらいたいって理由で高等魔法学院を受験するって言い出してな」

「へえ……」

「最後にばあちゃん孝行したいんだとよ。そんでまあ……そういうことなら、俺も最後にお袋に良いとこ見せとこうかと思ってな」

「そうだったんですね……」

「悪いな、しんみりした話しちまって。さて、これで質問は終わりか？」

「はい！　大変貴重な話を聞かせていただき、ありがとうございました！　それでは、記事ができ次第お送りしますので、失礼します！」

「ああ」

記者はマーリンに礼を言うと帰って行った。

「ふう……慣れないことはするもんじゃねえな……」

玄関まで記者を見送りに行っていたマーリンは、溜め息を吐いてそう呟くと振り向き、驚愕した。

「……おい。お前ら……」

「え？　なんだいマーリン」

「なに？　父ちゃん」

「今の、聞いてたのか……」

インタビューを受けている際、メリダとスレインは側にいなかった。

誰にも聞かれていないと思ったからこそ最後にこっ恥ずかしいことを言ったのだが……。

「ふふ、相変わらずサンドラさんの喜ぶことしようと必死なんだねえ」

「父ちゃん！　俺、頑張るよ！」

「バッチリ聞いてやがるし……」

　普段はあまりサンドラに対して優しい態度を見せないマーリンだが、高等魔法学院に進学した理由といい、常にサンドラのことを考えている。

　昔と変わらないマーリンにメリダは嬉しくなり、最近では滅多にしない行動に出た。

「ほら、もうすぐご飯だよ」

「わ、分かったから。腕組むなよ！」

「なに？　照れてんの？」

「スレインが見てるっつうんだよ！」

　そんなイチャイチャする両親を見ながら、スレインは深々と溜め息を吐いた。

「両親がイチャついてるのを見るのはキツイ……」

　メリダは、そんなことを言うスレインの腕も取り、三人で腕を組んだ。

「ちょっ！　母ちゃん止めろよ！」

「うるさい！　アタシは今気分がいいんだよ！」

「なんだよそれ！」

　ウォルフォード家は、今日も笑いに包まれていた。

マーリンとのインタビューを終え、会社に戻ってきた新聞記者は、聞き取りのメモを見ながら唸っていた。

◆

「うーん、いい話なんだけど、なんか違うんだよな……」

そうやって自分の机の上で唸っていると、彼の上司がやってきた。

「おう、賢者様のインタビュー、どうだったよ？」

「いやそれが、いい話は聞けたんですけどね……」

「ふん？」

記者は上司に対して、マーリンから聞いた話をし始めた。

上司はずっと黙って聞いていたが、記者が話し終わると感想を述べた。

「そりゃあ、確かにいい話だなあ」

「ええ、お涙頂戴ものの話としては極上なんですけどねえ」

「読者が求めてるのはそんな話じゃないってか」

「そうなんですよ」

どうしたもんかと悩んでいる記者に対して、上司はポンと肩に手を置いた。

「なあに、嘘を書かなきゃいいんだよ」

「はい？」

「一般市民や読者が求めてるのは真実の追及じゃない。史上最高の英雄が活躍する英雄譚なんだよ」

「まあ、そうでしょうね」

事件や事故の真相が知りたいのは警備局か法務局の人間だけ。

一般市民はそこまで事の真相についての興味はない。

今、市民が一番興味を持っているのは史上最高と言われる英雄の、胸躍る英雄譚なのだ。

「嘘は書かなくていいんだよ。ただ、本当のことを書かないだけで」

「ああ、なるほど」

「面白くしろよ？　人気が出れば書籍にだってできるかもしれねえ」

「マジっすか⁉」

「そうすりゃ、執筆者には印税が入る。儲かるぜ？」

「分かりました！　頑張って面白く書きます！」

「おう、その意気だ。じゃあ俺は帰るから。お疲れさん」

「お疲れさまでした！」

帰って行く上司を見送った記者は、先程とは打って変わって張り切って机に向かっていった。

「よーっし！　皆が面白く読めるようにするぞ！」

そう言って、紙にペンを走らせた。

「待ってろよ！　印税生活！」

こうして、利益優先の新聞記者によってマーリンのインタビューは記事にされていった。

◆

万人受けする記事にするため、記事を書いては消し、さらに修正しながら執筆していたので、マーリンのインタビューは中々記事にならなかった。

日に日に弱っていくサンドラを見ながら、毎日新聞を見るたびにマーリンはイライラしていた。

「ちょっとは落ち着きなよ」

「だってよ！　あれからもう何日も経つじゃねえか。なんだってまだ記事が出ねえんだよ！」

「それは分からないけど……記事が載ってない新聞をいくら見たって、浮かび上がってきやしないんだから」

「それは分かってるけど！」

「ただいま！」

メリダがマーリンを宥めていると、スレインが勢いよく家に飛び込んできた。

「ああ、おかえり。どうだった？」

「うん！　まだちょっと分かんないけど、手ごたえはあった！」

スレインが高等魔法学院を受験すると宣言してから数日後、本当に飛び込みではあったが受験することができた。

元々スレインに高等魔法学院を受験するように言っていた中等学院は、受ける受けないにかかわらず、願書だけは出していたのだ。

その行動は正直どうかと思ったが、そのお陰で受験することができたので、今回はそれを好意的に受け入れていた。

そして先ほど、試験を受けてきたスレインが帰ってきたのだ。

「あ、父ちゃん、まだ記事出てないの？」

「ああ。ったく！　トロくせえ野郎だな！」

「だから落ち着きなさい！　文章を書くのも大変なんだから、ちょっとくらい待ってあげなよ」

「はあ……ホント頼むぜ……」

そんな感じで、マーリンはやきもきしながら新聞に記事が載るのを待った。


そしてスレインの高等魔法学院入試の合格発表の日。

試験には手心を加えないようにディセウムから通達が行っているはずなので、スレインが受かるかどうかは実力次第となる。

今までにないほど緊張していたスレインが高等魔法学院に結果を見に行った直後、新聞が届けられた。

「ん？　おお‼　やっと載りやがった‼」

「え？　ホント？」

受け取った新聞には『ついに実現！　賢者マーリン＝ウォルフォード、独占インタビュー‼』と銘打たれている。

ようやく念願が叶ったマーリンは、早速記事を読み進めていく。

そして……。

「……なんだ、こりゃ？」

「なにこれ⁉　非道い！」

そこに書かれている内容に愕然とした。

確かに、記事に嘘は書かれていない。

マーリンが高等魔法学院出身なのも、メリダとそこで出会ったのも間違いない。

インタビューという形式を取っているため、マーリンの台詞の後に記者の文章が書かれているのだが、二人のことは褒めちぎっているのに、まったくカイルが出てこない。

そして魔人が現れた段階になるとさらに非道い。

記事にはこう書いてあった。

『暴虐の限りを尽くす魔人に対し「これ以上好きにはさせない。俺が止める」とマーリン氏は立ち上がった。魔人との激戦を繰り広げている戦場に辿り着いたマーリン氏は、ディセウム王太子殿下の危機を颯爽と救い、妻であるメリダ氏と共についに魔人を討伐した。アールスハイドを恐怖のどん底に突き落とした魔人を討伐したマーリン氏は、その功を吹聴することを憚った。恐らくは、魔人討伐の功績は自分だけではなく、関わった全ての人間が功労者だという思いからだろう。正に素晴らしい人物である』

マーリンが「これ以上好きにさせない」と言ったのは、親友であるカイルが魔人となったとはいえ、これ以上罪を犯させたくないという思いからだし「俺が止める」と言ったのも、カイルを止めるのは親友である自分がやるべきだと思ったからだ。

そして、功を吹聴しなかったのも、親友を殺して褒められたくなかったからだ。

そういうことも全て話したはずだった。

だが記者は、マーリンの言葉を自分の都合のいいように解釈し、マーリンの意図とは全く違う記事を書き上げたのだ。

「ふ、ふ、ふざけやがって‼」

自分の意図を捻じ曲げられた記事を書かれたマーリンは、怒りのあまり新聞を破ろうとした。

「ま、待ってマーリン！　駄目だよ！」

「ああ⁉」

新聞を破ろうとしたマーリンの手を、メリダが必死になって止める。

マーリンは自分を制止したメリダを思わず睨むが、メリダは必死に懇願した。

「この記事、お義母さんに見せてあげないと！」

「はあっ⁉　こんなクソ記事読ませせんのかよ⁉　何考えてんだ！」

カイルのことはサンドラもよく知っている。

魔人化してしまったときは、マーリンやメリダと同じくらい悲しんでいた。

そんなカイルのことを悪く書いている記事をサンドラに見せるのかと、マーリンは憤る。

だが、メリダは悲し気に首を振った。

「お義母さん……昨日からあんまり目が見えてないの……」

「なっ……」

確かにここ数日、ベッドから起きてきていない。

サンドラの世話をするのはメリダが主なので、マーリンは一言二言話をする程度だ。

その際、割と元気な様子を見せていたので、そこまで弱っているとは思いもしなかったのだ。

「……お義母さん、アンタの前では虚勢を張ってるんだよ……アンタが部屋を出て行った後はかなり辛そうにしてる……」

「そんな……」

「だから、嘘でもいいから、お義母さんに記事を見せてあげて」

あまりに突然の告知に、マーリンの頭は真っ白になった。

これからどう行動していいのかすら分からなくなる。

その時、スレインが玄関のドアを勢いよく開けた。

「ただいま！　父ちゃん！　母ちゃん！」

高等魔法学院の合格発表を見に行っていたスレインが帰ってきたのだ。

喜色満面といった表情だ。

「受かった！　俺、アールスハイド高等魔法学院に受かったよ！」

「そ、そうか」

「あ、そうだ！　ばあちゃん！　ばあちゃーん！」

学院から支給されている制服と教科書を持ったスレインは、そのままサンドラの部屋へと走って行った。

サンドラの部屋に入ったスレインは、ベッドで横になっているサンドラに話しかける。

「ほら！　見てよばあちゃん！　俺、高等魔法学院に受かったよ！」

スレインはサンドラの前で高等魔法学院の制服を広げてみせた。

「おやまあ……懐かしいねえ……」

口ではそう言っているが、視線は定まっていない。

焦点も合っていないようだ。

その事実を突き付けられたマーリンは、胸が締め付けられる思いがした。

もう時間がない。

そう思ったマーリンは、新聞を持ってサンドラのベッドに近付いた。

「良かったなお袋、今日は二重にめでたいじゃねえか」

「おや、なにかあったのかい？」

「ああ、新聞によ、俺の記事が載ったんだ」

「へえ、そうかい。どんなことが書いてあるんだい？」

もう目が見えないのだろう、自分で新聞を読むことはせずマーリンに読んでくれと頼んできた。

マーリンは、記事の内容とはまったく違うことを話した。

カイルと自分が、いかに仲の良い友人だったのか。

誠実な人間が貶められ、魔人化してしまったのは悲劇で、それを倒さなければいけなかったのは心苦しいことだったと、マーリンの本音を聞かせた。

その後で「なんだか知らねえが、勝手に英雄にされちまったわ」とぶっきらぼうに言うと、サンドラは見えない目を細めた。

「アンタが英雄ねえ……スレインも高等魔法学院に入れるし、アタシは本当に恵まれてるねえ……」

そう言ってフフッと笑った。

「ああ、本当に……メリダさんっていう良いお嫁さんにも来てもらえたし、スレインっていう良い孫もできた……」

サンドラの言葉に、メリダはもう涙が抑えられない。

スレインも察したのだろう、制服を握りしめて必死に嗚咽するのを我慢している。

「なによりマーリン……アンタはアタシの誇りだよ……ありがとうね……」

「なに……言ってやがる……」

「ふふ、スレインの入学式、楽しみだねえ……」

「ばあちゃん……」

「少し疲れたねえ……ちょっと休むよ」

「……ああ、ゆっくり休めよ」

「ああ、分かってるさね……」

サンドラはそう言って目を瞑り……。


そのまま、永い眠りについた。

◆

マーリンたちが激昂した例の新聞記事だが、一般市民には非常にウケた。

新聞は、増刷に次ぐ増刷で手に入れるのが困難になるほどの人気となり、その記事に加筆した書籍版の発行も決定した。

それにより、マーリンとメリダの人気は不動のものとなった。

そして、その大人気な英雄の母が亡くなったことで国中が喪に服していた。

葬儀は異例のアールスハイド大聖堂で行われ、魔物ハンター協会、メリダの魔道具の委託販売を行っているハーグ商会の社員一同、そして王族までもが参列した。

埋葬まで滞(とどこお)りなく終わり、マーリンたちは非道い喪失感を抱いたまま帰宅したのだが、その際王太子ディセウムに話があると、家まで同行してもらった。

家に入ったディセウムは、こんな母の葬儀の日に一体どんな話があるのだろうと、かなり緊張していた。

そして、マーリン、メリダ、スレインが、グッタリした様子でソファに座り込んだ。

「ディセウムも座れよ」

「は、はあ。では失礼します」

ディセウムはそう言うと、マーリンとメリダの対面に座った。

そして、衝撃の告白を受けることになる。

「俺たちさ、国を出ることにしたわ」

「……は？」

マーリンが何を言ったのか一瞬理解できなかったディセウムは思わず聞き返した。

「聞こえなかったのか？　俺たちはアールスハイドを出るって言ってるんだよ」

「な、なぜですか⁉　スレインも高等魔法学院に合格したじゃないですか！　しかもSクラスですよ⁉」

マーリンから聞かされた、まさかの発言に、ディセウムはスレインを引き合いに出して必死に引き留めた。

　だがマーリンは、首を横に振った。

「スレインが高等魔法学院を受験したのは、お袋に合格したところを見せたかったからだ。コイツの本意じゃない」

「……そうなのか？　スレイン」

「うん……」

「で、ですが！　それがなぜ国を出るという話になるのですか？　このままアールスハイドでメリダ殿の指導を受ければいいではないですか！」

　ディセウムは混乱の最中にあった。

　スレインが高等魔法学院を受験した理由は分かった。

　元々行く気がなかったことも。

　だが、マーリンが国を出たいと言っている理由が全く分からない。

　国も民衆も、マーリンたちを虐げている訳ではない。

　むしろ英雄として崇めているというのに。

　そんなディセウムに、マーリンはある物を見せた。

「これは……」

「これ、読んだか？」

差し出したのは、例のマーリンのインタビュー記事が載った新聞だった。

「はい。これのお陰で、世間ではマーリン殿の人気が更に上がったそうですね。今や神格化している者さえいるとか」

「マジか……」

「ええ」

「……で、お前はその記事読んでどう思った？」

「そうですね……書き方でこんなに印象が変わるものかと驚きました」

ディセウムは言葉を選んだが、マーリンからカイルを倒したときの心境を直接聞いたことがあるので、記事を読んだときに随分と驚いた記憶がある。

「称賛、美辞麗句(びじれいく)、それのオンパレードだ。どうにかして俺を英雄に祭り上げたいらしい」

そう言うマーリンの顔は苦々しい思いでいっぱいだ。

「俺はな、親友を殺したんだ。昔から友達だった奴を殺したんだよ。俺は……そのことを褒め称えられることにこれ以上耐えられねえんだよ……」

マーリンを魔人討伐の英雄として称える。

それはマーリンにとって苦痛でしかなかった。

新聞のインタビューに応えたのは、新聞に載ることでサンドラが自分を誇りに思えるようにという意図だった。

それが、ものの見事に裏切られた。

マーリンを称賛する声を、いたずらに大きくする結果になってしまったのだ。

「正直、今のアールスハイドで暮らすことが苦痛なんだよ。それにもう……アールスハイドに留まっている理由もなくなったしな……」

そういうマーリンの顔は寂し気だった。

母サンドラの葬儀の日にそんな話をする。

つまり、サンドラがいなくなってしまったので、もうアールスハイドにいる理由がなくなってしまった。

マーリンはそう言っているのだ。

その告白を聞いて、ディセウムはもう何も言えなくなってしまった。

マーリンが、親友を手に掛けたことを、でもそうするしかなかったことを、ずっと思い悩んでいたのを知っているから。

すっかり黙り込んでしまったディセウムに、マーリンは苦笑しながら声を掛ける。

「まあ、もう息抜きに遊びに来ることはできなくなっちまうが……仕事に専念できていいだろ」

「……そう、ですね」

マーリンがいなくなる。

それは国が保有する最大戦力の喪失以外に、ディセウムにとって大きな意味を持つ。

王太子であるディセウムの周りには沢山の人間がいる。

だがそれは、従者であり、護衛であり、取り巻きの貴族たち。

友人と呼べる者は一人としていない。

高等魔法学院時代は、学院内で身分を振り翳すことが禁じられていたため、対等に話ができる者もいた。

だが、学院から一歩外に出ればディセウムは王太子なのである。

学院で対等に接していたと思っていた者たちは、卒業すると同時に態度を改めた。

友人から王太子に接する態度へと。

ディセウムに対等な友人はいないのである。

そんなディセウムにマーリンは、唯一自分の立場を気にせずに接してくる。

尚且つ、いわゆる平民であるマーリンがそんな態度を取っても、従者や護衛も何も言えない稀有な存在なのである。

その友人を失う。

ディセウムの心には大きな喪失感があった。

「近々王都を出るからよ、お前には言っておこうと思ってな」

「……意思は固いんですね」

「まあな」

「分かりました。残念です……」

ディセウムはそう言うと、肩を落としたままウォルフォード家を出た。

「殿下？　どうされたのですか？」

「ああ、ミッシェルか。いや、ちょっとな」

ウォルフォード家の玄関を出たところで護衛の騎士が声を掛けた。

この騎士は、少年時代にマーリンに助けられたことのあるミッシェル＝コーリングだった。

彼はマーリンに助けられた後、騎士になるためには体を鍛えろと言われたため、その言葉通りに鍛錬に励んだ。

その結果、無事騎士になることができ、尚且つ王族の護衛をする近衛騎士に選ばれていた。

お互いにマーリンと接点があることもあり、ディセウムは普段からミッシェルに色々と相談することが多い。

今日も、ディセウムが肩を落としてウォルフォード家から出てきたので何事かと声を掛けたのだ。

「馬車の中で話す」

「かしこまりました」

こうして馬車に乗り込んだディセウムは、ミッシェルに先ほどマーリンから聞いたことを話した。

「なんと！　マーリン殿がアールスハイドから出ると⁉」

「ああ、そうなのだ」

「それは一大事ではありませんか殿下！　すぐに陛下にご相談しないと！」

マーリンがいなくなれば色々とマズイこともある。

もしマーリンがアールスハイドと仲違いをして国を出たと噂されれば、帝国などが暗躍するかもしれない。

マーリンは、周辺国に対しての重要な抑止力なのである。

「だがな、マーリン殿の意志は固い。どんなに我らが思い留まるように懇願しても聞いてもらえぬだろうな」

「それにしても、なぜそこまでマーリン殿は国を出たがるのですか？　なにか不興を買いましたでしょうか？」

「ああ、それがな……」

ディセウムは、マーリンから聞いた出国の理由を話した。

「なんという……」

その理由に、ミッシェルは思わず絶句してしまう。

そうして、しばらく黙り込んでいたミッシェルが、不意に顔を上げた。

「殿下……こういうのはいかがでしょうか？」

「なんだ？」

ミッシェルは、ディセウムにある提案をした。

「なるほど……それはいいな」

その提案を聞いたディセウムは、ひょっとしたら希望があるかもしれないと少し微笑んだ。

◆

「なんだと⁉　賢者殿がアールスハイドを出るだと⁉」

ディセウムからマーリンの件を聞いたアールスハイド王は、思わず会議室の椅子から立ち上がって叫んだあとに絶句した。

「はい。すでにマーリン殿の意志は固く、留めることは難しいかと」

ディセウムのその言葉を聞いたアールスハイド王は、ヘナヘナと椅子に座りなおした。

「なんということか。賢者殿の名声はすでに世界中に轟いておるというのに」

「賢者殿がアールスハイドからいなくなるとなると抑止力が……」

「そんなことより！」

王城の会議室に集まっている高官たちが次々に不安を口にするが、ある一人が大きな声をあげた。

皆の注目が集まる中、その官僚は叫んだ。

「英雄が近くからいなくなるのは嫌だ‼」

大声で叫ばれたその台詞は、徐々に皆に浸透していき、大きな拍手になった。

「……なんだこれ？」

その様子を見ていたディセウムは、あまりの光景に小さくツッコんでしまった。

政府高官にまでファンがいるほど、マーリンは好かれているのである。

「どうにかならんのか？」

力なく座り込んでいたアールスハイド王が、ディセウムに縋るように言った。

するとディセウムは苦笑しながら答えた。

「マーリン殿が出国したいという理由が、まさにコレですからね」

「コレ？」

「人気がありすぎるということです」

ディセウムは、マーリンがアールスハイドを出たいという理由を話した。

集まっている面々は、思いもよらない理由に絶句していた。

「まさか、民衆にマーリン殿を褒め称えるのを止めろとは言えませんし、引き留めるのはもう無理です」

そう断言するディセウムに対し、アールスハイド王は深い溜め息を吐いた。

「なら、どうすればいいのだ？」

「私に一つ考えがあります」

「なに⁉」

アールスハイド王は思わずディセウムを見た。

そういえば、ディセウムはマーリンとも交友があり、出国してしまうことを一番嫌がると思っていた。

だが、そのディセウムの顔に悲壮感はない。

なにかよっぽどの良案があるのかと、アールスハイド王は期待した。

「実は……」

ディセウムは、ミッシェルから提案されたことをそのまま伝えた。

その提案に会議場は騒然となり、大いなる議論がされた結果、ディセウムの提案は承認されることになった。

そしてそれから数日後、マーリンからディセウムのもとに、出立する日が決まったと連絡が入った。

◆

マーリンたちがアールスハイドを出立する日。

馬車で移動するところを見られると騒ぎになるかもしれないと、出発は早朝にした。

まだ人影のない王都を、マーリン自らが手綱を取る馬車が走っている。

その御者台にはマーリンの他にスレインの姿もあった。

「すまないなスレイン、俺の都合に付き合わせちまって」

「急になんだよ父ちゃん、気持ち悪いな」

「気持ち悪いってお前……いや、アールスハイドから離れるってことは、友達とも離れ離れになるってことだからな」

「ああ、別に気にしてないからいいよ」

「気にしてないって……まさかお前、友達いないのか？」

自分の都合でスレインまで王都を離れることになってしまったことを申し訳ないと思っていたマーリンだったが、スレインの返事で息子が寂しい青春時代を過ごしていたのではないかと心配になった。

　だがスレインはそんなに暗い様子ではなく、淡々としている。

「あー、何ていうのかな。皆俺と友達になりたいっていうより、あわよくば父ちゃんか母ちゃんとお近付きになりたい奴ばっかだったからさ」

　思わぬスレインの告白に、マーリンは再度罪悪感に駆られる。

「それは、なんつうか……スマン」

「え？　別にいいよ。友達なんてそんなもんでしょ？　父ちゃんとカイルおじさんみたいな関係の方が珍しいって」

　近づいてきた友達が、実は打算的な考えを持っていたことを、当たり前のように受け入れているスレイン。

　マーリンは、息子がいつの間にか成長していることに驚いた。

「お前……成人したばっかかで悟りすぎてね？」

「父ちゃんがガキ過ぎるんだよ」

「ぷっ、あははは！」

　マーリンがスレインと話をしていると、馬車の中から笑い声が聞こえてきた。

「なに笑ってんだよメリダ」

「いやあ、スレインの言う通りだと思ってね」

「ふん！　言ってろ！」

なんとなく自覚のあるマーリンは、メリダの言葉にも強く反論できなかった。

自分も三十の半ばを過ぎたし、息子も成人した。

そろそろ大人にならなきゃなと、本当に今更ながらに思うようになってきていた。

そんな話をしながら馬車は王都の外壁を越えた。

マーリンが馬車で外壁の外に出るという事態に門番は困惑したが、息子の修行だと言えば納得して通してくれた。

そうして王都から隣国へ向けて街道を進もうとしたその時。

「待ってくださいマーリン殿！」

なんと、王都から馬に乗ったディセウムとミッシェルが走ってきた。

「なんだよ、また引き留めに来たのか？」

王都を出てすぐのところで声を掛けられたので、マーリンはディセウムの行動をそのように予測した。

だが、ディセウムの口から出たのはとんでもない台詞だった。

「マーリン殿、メリダ殿、私も旅に同行させてください！」

「……は？」

あまりのことに、マーリンの思考回路は一瞬フリーズを起こした。

どうにか再起動することに成功すると、今度は混乱し始めた。

「待て待て待て！　お、おまっ！　お前はアールスハイドの王太子だろうが！　なんで俺らに同行するとか言ってんだよ！」

「それはその……私は王太子としてまだまだ未熟なので、マーリン殿の旅に同行して世情のことをもっと勉強しようと思いまして」

世間知らずの王子様が、世間のことを知りたくて市井に触れる。

なんというか、物語としてもありがちだし、付いてくる理由としても取ってつけたようなものである。

マーリンは胡乱げな視線をディセウムに向けていたが、やがてあることに思い至った。

「お前まさか……王城を抜け出してきたんじゃねえだろうな？」

そうなったら最悪だ。

ディセウムが勝手に城を抜け出したとしても、勝手にマーリンに付いてきたのだとしても、とても許されることじゃない。

もしそうなら力づくでも追い返すと思ったその時、横合いから声が掛かった。

「そうではありませんよ、マーリン殿」

「あん？」

マーリンは、声を掛けてきたミッシェルを睨み、ついでに文句も言った。

「なんでミッシェルの坊やまで一緒にいるんだよ?」

「もうそろそろ坊やはやめてくださいよ……」

少年時代から知っているミッシェルのことを、マーリンはいまだに「坊や」と呼んでいた。

昔はひょろかったミッシェルも、今では日々の鍛錬と魔物との戦闘によって筋骨隆々たる騎士になっている。

もういい加減、坊や呼びは恥ずかしいのである。

だが、マーリンはそんなことはお構いなしだ。

「うるせえよ。で? 何が違うってんだ?」

「マーリン殿、これを」

そう言ってミッシェルが手渡したのは一通の手紙だった。

封蝋がされており、その紋章は空想上の幻獣である龍を象ったもの。

王家の紋章だ。

「王家から?」

わざわざ王家から手紙を送られる覚えのないマーリンは、訝しく思いつつも封を切り手紙を読んだ。

そして、その手紙を読んだ直後にプルプルし始め……。

「ふ、ふざけんなあっ!!」

大声で叫んだ。

それもそのはず。

マーリンの読んだ手紙には……。


『ディセウムをよろしく』


そう記されていた。

王の署名入りで。


事の起こりは、ディセウムがアールスハイド王に提案をした日に遡る。

その時ディセウムがした提案というのが、

「自分がマーリンの旅に付いて行ってアールスハイドとの繋がりを保つ」

というものだった。

それならば、たとえマーリンがアールスハイドを出たとしてもディセウムとの繋がりができる。

さすがに一人だけだとマズイので、護衛としてミッシェルを同行させることも提案した。

大国アールスハイドの王太子を旅に出すことなど前代未聞であったために、会議は揉めに揉めたのだ。

だが最終的には、それがアールスハイドのためになることだと、それこそ王太子たる自分に相応しい仕事だと熱弁し、上層部の了解を得ることができたのだ。

ただ、もうすぐ式を挙げる予定だった婚約者からは盛大に愚痴を言われたのだが……。

そうした状況なので、ディセウムとミッシェルがマーリンたちの旅に同行するのは、アールスハイド公認なのである。

「あ、一応定期的に王城に連絡入れることになってますので」

「準備万端じゃねえかよ……」

王からの手紙に、護衛と定期連絡。

全ての準備を整えていたのだ。

「お願いしますマーリン殿。私は将来、良き王となるために勉強したいのです」

「私からもお願いします。殿下の望みを叶えて差し上げてください」

二人揃って頭を下げられたマーリンは、深い溜め息を吐いた。

「はあ……ったく、言っとくけどな、今回の旅でスレインを鍛えるつもりなんだ。お前らに遠慮なんかしないから覚悟しろよ」

王太子だからといって特別扱いはしない。

マーリンがそう宣言すると、ディセウムはバッと顔を上げ、満面の笑みで答えた。

「望むところです！　よろしくお願いします！」

「やった！　ディス兄ちゃん、よろしく！」

「ああ、よろしくなスレイン」

マーリンがディセウムたちと話しているので口を挟まなかったスレインが、ディセウムの同行が許可されると嬉々として会話に参加してきた。

年の近いスレインとディセウムがこれから始まる旅について、あれこれと語り合っていると、同じく会話に参加していなかったメリダが馬車から降りてきた。

そして、ミッシェルの側まで行くと、ミッシェルにしか聞こえない声で囁いた。

「そんなに首に縄を付けておきたいのかい？」

その言い方に、ミッシェルは震えあがった。

何しろ幼い頃に、メリダにはこっぴどく叱られている。

今でもメリダの側に行くだけで緊張してしまうほどだ。

そのメリダが、静かに怒っている。

これほどの恐怖があるだろうか？

ガタイの良い騎士が細身の女性の脇で小刻みに震えている。

その様子を見たメリダは、とりあえず釘は刺せたかと小さく息を吐きディセウムに向かって言った。

「殿下！　アタシらに付いて来たいというなら、全員公平に扱います！　アタシの言うことには必ず従ってもらいますからね！」

「はい！　当然です！」

メリダからも特別扱いしない宣言をされて、嬉しそうに返事をするディセウム。

だが彼は、このことを心底後悔することになる。

「よろしい。では殿下……いや、ディセウム！」

「え？」

「アンタたちのせいで時間を食ってるんだ！　さっさと準備しな！」

「え？」

あまりに突然のことで、一瞬硬直するディセウム。

「ミッシェルも！　いつまで突っ立ってるんだい！　キビキビ動く！」

「え、あ、はい」

「声が小さい！」

「「はいぃっ!!」」

メリダに怒鳴られたディセウムとミッシェルは、慌てて自分の乗ってきた馬に向かって行った。

　そんな二人を見てスレインは不思議そうに首を傾げた。

「ディス兄ちゃんが一緒なのは嬉しいけどさ、母ちゃんに怒られたいなんて……ドMなのかな？」

「……ああ、本当にな」

　多分二人は軽い気持ちで同行を志願したのだろう。

　しかし、メリダが公平に扱うと宣言した以上、厳しく指導されるのは目に見えている。

　憐れな二人に、マーリンとスレインは、メリダにバレないように心の中で合掌した。

「アンタたちも！　何グズグズしてんのさ！」

「あ、うん！」

「はいはい」

　どうやら騒がしい旅路になりそうだと、マーリンは苦笑していた。

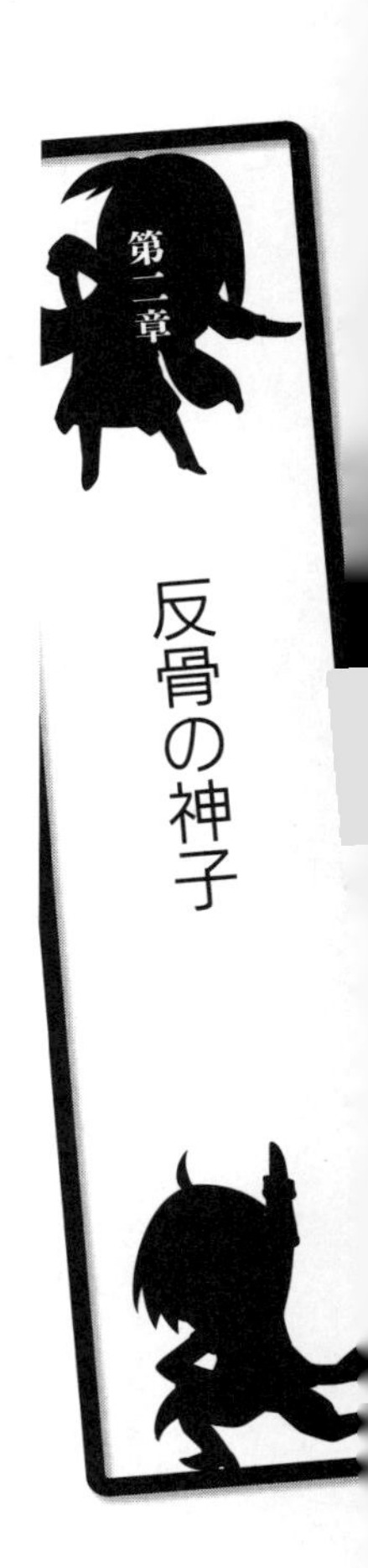

アールスハイド王国には、貴族が治める領地がある。

その領地が集まって国となっており、王家がそれを取りまとめている。

ちなみに、アールスハイドで一番大きな街が王都である。

各領地には街が一つだけしかない……などということはない。

領主館のある領都の他にも、農村や小さい町がいくつか存在する。

そんな町の一つに宿場町（しゅくばまち）がある。

アールスハイド中に張り巡らされている街道沿いにあり、馬車で大体半日も進めば次の宿場町に辿り着く。

なので、旅の途中で野営をすることはほぼない。

ただ、この世界には魔物が存在している。

それに襲われた場合は最悪全滅することもあるし、討伐に成功しても時間が掛かりすぎると次の宿場町まで辿り着けないこともある。

アールスハイドから隣国であるスイードを目指しているマーリンたち一行も、街道を進んでいる途中で、魔物の群れに出くわした。

とはいっても、魔人討伐の英雄であるマーリンがいる一行である。

魔物の群れなど特に脅威にもならない。

そこでマーリンは、この機会にスレインたちを鍛えることにした。

スレインの目標は魔道具士だが、魔法を付与するためにはその付与する魔法を自分が使えなければならない。

使える魔法のレベルは上げておくべきなのだ。

そして、今回の旅にはもう一組の同行者がいる。

「ディセウム！　魔法の起動が遅いよ！」

「は、はい！」

「ミッシェル！　猪の魔物くらい一撃でしとめな！　近衛になって腕が鈍ったんじゃないのかい⁉」

「す、すみません！」

アールスハイドの王太子ディセウムと、その護衛のミッシェルである。

マーリンたちの旅に半ば無理矢理付いてきた彼らは、メリダから、スレインと同等に扱うこととメリダの命令に必ず従うことを約束させられていた。

その結果、魔物との戦闘時には毎回メリダの怒声が響くことになった。

高等魔法学院を優秀な成績で卒業したディセウムだが、ただ単純に魔法を使うのと、襲い来る魔物を相手にするのとでは訳が違う。

ディセウムも魔人討伐に参加したことはあるが、あれは遠くから魔法を撃っていただけだ。

今まさに自分に食らいつかんとする魔物を前にすると体が竦むし、動き回る魔物に中々魔法を当てられずにいた。

そして、護衛であるミッシェルも、騎士団に入団してすぐは魔物討伐にもよく駆り出されていたが、その実力が認められ王族を護衛する近衛騎士になってからは、魔物を討伐する機会も少なくなってしまった。

そのために生じたブランクのため、以前のような魔物討伐ができなかった。

そこをメリダに叱られたのだ。

「ホラホラ！　とっとと討伐しないと日が暮れちまうよ！　スレイン！　アンタもコソコソしてないで攻撃しな！」

「わ、分かってるよ！」

「こりゃまた……スパルタだなあ」

現在行われている戦闘に、マーリンとメリダは参加していない。

メリダはスレイン、ディセウム、ミッシェルの三人に指示を出しているが、マーリンはただ見ているだけだ。

いざという時に助けに入れるよう待機しているのである。

「くっそ！　なんで当たらないんだっ⁉」

「ディス兄ちゃん！　俺が動き止めるからその隙に攻撃して！」

当たらない魔法にイライラしたディセウムが、王族らしからぬ口調で悪態をつく。

そんなディセウムの前へ飛び出したスレインに、魔物が突進してきた。

「スレイン‼」

「うおおっ！」

突撃して来る魔物に対して、スレインが取った策は物理障壁で止めること。

そして魔物は、スレインの狙い通り障壁にぶつかって動きを止めた。

「ディス兄ちゃん！　今！」

「お、おおお！」

ディセウムが放った渾身の風の刃が、ついに猪の魔物に炸裂した。

魔法を全身に受けた魔物は、体中から出血しその場に崩れ落ちた。

だが、まだ絶命には至っていない。

「殿下！　後はお任せを！」

ディセウムが魔法で弱らせた魔物に、ミッシェルが剣で止めを刺した。

ようやく動きを止めた魔物を見て、スレインとディセウムは顔を見合わせ、ハイタッチを交わした。

「やったね！　ディス兄ちゃん！」

「ああ！」

自分たちの力で魔物を討伐することができた二人は、実に爽やかな笑顔をしている。

だが……。

「アンタたち、よくそんなに喜べるもんだねえ」

メリダが溜め息を吐きながら近付いてきた。

「「え？」」

「見てみな」

メリダが指し示すのは、今まさに三人で倒した魔物。

それを見ても三人ともピンとこない。

「はあ……体中が傷だらけじゃないか。これじゃあ素材として使い物にならないんだよ」

「あ……」

三人の中でミッシェルが気付いて改めて魔物を見る。

確かに、全身ズタズタだ。

「騎士団では魔物素材の回収はしていないので、すっかり失念しておりました……」

ミッシェルはメリダの指摘に素直に反省したのだが、スレインとディセウムはイマイチ納得がいかなかった。

「なんで素材の状態なんて気にすんのさ？　父ちゃんも母ちゃんも一杯お金持っててんじゃん」

「そうですよメリダ殿。わざわざ素材を換金しなくとも、資金は用意してあります」

お金はあるんだから、素材を売る必要なんてない。

そういう二人の頭部に、メリダは拳骨を落とした。

「「いっ‼」」

「殿下⁉」

「このお馬鹿共！　魔物ハンター協会ってのはね、買い取った魔物素材を業者に卸すことで利益を得ているんだ！　少しは貢献しようって気がないのかい！」

今でこそ魔道具士として名を馳せているメリダだが、彼女の元々の職業は魔物ハンターだ。

なので魔物を討伐するのであれば、その素材は協会へ卸すべきだという考えがある。

「それに言いたくないけど、マーリンは素材を持ち込むということに関しては、全く貢献してこなかったからね。罪悪感もあるのさ」

急にメリダの怒りの矛先が自分に向いたマーリンは、慌てて顔を逸らした。

マーリンをジト目で睨んでいたメリダは、スレインとディセウムに視線を戻すと、今度は諭すように話しだした。

「ディセウム、アンタの勉強したいことってのは、世俗で遊ぶことなのかい？」

「そ、そんなことは！」

「なら世の中の仕組みについて考えて行動しな。ただ魔物を狩って遊びたいなら、アタシたちはアンタを連れていく理由はない」

「……申し訳ありませんでした……」

「次から気を付けな」

「はい」

生まれて初めて頭に拳骨を食らって説教を受けたディセウムは、メリダの言葉に落ち込み、素直に反省した。

そして次にメリダの標的になったのが……。

「スレイン」

「お、俺も⁉」

「アンタもさっき魔物素材は必要ないって言ってたね？」

「う……」

「スレインは魔道具士になりたいんじゃなかったのかい？」

「そ、そうだよ」

「で？　その付与をする魔道具ってのは何で出来てるんだい？」

「……あ」

「今頃気付くなんてねえ」

あまりにも当たり前のことを失念していたスレインは、あからさまに呆れた様子を見せるメリダの顔が見られない。

付与魔法は、素材に言葉で魔法を付与する。

そして素材には、付与できる言葉の上限がある程度決まっている。

一般的に、魔物の方が魔力が多いので付与できる文字数が多いと言われており、魔道具には魔物素材がよく使われるのだ。

つまり、魔道具士を目指すスレインにとって、一番大事なことであるはずだった。

そのことを完全に忘れていたのだ。

「アンタの目指す魔道具士ってのは、出来上がった物に魔法を付与するだけなのかい？」

「……」

「だったら、アタシが教えることは何もないよ。どっかの工房にでも入れてもらって、毎日付与だけしてればいい」

「そ、そんな！」

「違うっていうんなら、アンタの目指す魔道具士ってのをもっとよく考えな」

スレインもディセウムと同様に自分の甘さと考えのなさを指摘され落ち込むことになった。

だが、スレインにはそれでも納得できないことがある。

「でもさ、俺初めて魔物を狩ったんだから、できなくてもしょうがないじゃないか」

さっきは魔物を倒すことでイッパイイッパイだったのだ。

素材なんて気にしてたら、むしろやられていたかもしれない。

だからそこを責められるのは、なんだか釈然（しゃくぜん）としなかった。

無茶言うんじゃねえよという視線をメリダに向けると、逆に睨み返された。

「アタシは、魔物を綺麗な状態で狩れなかったことを怒ったかい？」

「え？」

魔物を討伐した流れで説教が始まったので、魔物の素材が取れる状態で狩れなかったことを怒られたのだと思った。

だが、よくよくメリダの話を思い出してみると……。

「……こんなんで喜ぶなとは言われた」

「アタシが怒ったのは、その後の態度だよ」

「スレインの言う通り、初めて魔物狩りをして綺麗に素材が取れるなんて思っちゃいない。けど、アンタたちはそのことを全く気にしてなかっただろ」

「う……」

「だから怒ったのさ。分かったかい？」

「「……はい」」

メリダに完全にやり込められた二人はさらに落ち込むことになった。

護衛騎士であるミッシェルは、かなり激しく怒られたディセウムを心配そうに見ていたが、すぐにそんな余裕はなくなってしまった。

「ただ、ミッシェル。アンタは別だ」

「え？」

メリダの説教の矛先が自分にも向いたのだ。

「騎士のアンタは綺麗な状態で討伐できるだろう。本当に鈍ってるねえ、情けない」

「……返す言葉もございません……」

自分でも分かっていることを改めて指摘されると、情けないやら恥ずかしいやらで自分も激しく落ち込んでしまった。

だがメリダは、そんな三人を気遣うことなく、さらに尻を叩いた。

「さあ、大分遅くなったからね、急いで出発するよ！　日が落ちるまでに宿場町まで着かないと野宿する羽目になるからね！」

魔物が出没する街道で野宿をする。

それがいかに危険な行為であるのか、経験がなくても分かる。

落ち込んでいた三人は、慌てて出発する準備を整えた。

そうして宿場町を目指す一行。

ディセウムとミッシェルは、自分の乗ってきた馬があるため、そちらに乗って移動している。

馬車の後を追って走っている馬上で、ディセウムはミッシェルに話しかけた。

「正直……私はこの旅に同行したことを後悔し始めている……」

「奇遇ですね。自分もです……」

ディセウムは、今までメリダのことを聡明(そうめい)な淑女(しゅくじょ)だと思っていたので、まさかこんな事態になるとは思いもしなかった。

マーリンたちと旅ができると軽い気持ちで同行したことを、少し……いや、かなり後悔し始めていた。

対するミッシェルは、メリダの本当の性分が分かっていたのである程度の覚悟はできていた。

だが、心構えができているとはいえ怖いものは怖い。

「「はあ……」」

二人は、馬に揺られながら深い深い溜め息を吐くのであった。

◆

「なんとか間に合ったねえ」

スレインとディセウムが怒られた魔物との戦闘の後、かなり馬車を飛ばして日が暮れる寸前に宿場町に辿り着いた。

その間にも魔物は出てきたのだが、かなり急いでいたのでその討伐はスレインとディセウムにはさせず、マーリンとミッシェルが担当した。

ミッシェルにやらせたのは、魔物討伐の勘を取り戻させるためである。

そのお陰か、ミッシェルは大分勘を取り戻したようで、魔物を綺麗に斬れるようになってきた。

一方のマーリンは御者台に座ったまま、魔物を次々と魔法で屠(ほふ)っていた。

まるで的当てをするような気軽さで。

そしてその討伐した魔物は、実に綺麗な状態を保っていたのである。

そんなマーリンの姿を、スレインとディセウムは尊敬の眼差しで見ていた。

皆にいいところを見せられたマーリンは、宿場町に着いてからもずっとご機嫌だった。

「ほら、早く協会に行こうぜ」

以前、メリダと魔物討伐に行っていた頃は、協会で説教されるのが嫌であまり行きたくないと思っていたマーリンだが、今日は違う。

子供らの手本になれればと気を付けて討伐したので、マーリンにしては珍しく魔物素材を卸すことができるのだ。

滅多にないことなので、心が軽いのである。

そんなマーリンの後ろを歩いているメリダはジト目だ。

「こういうことができるんなら、なんで普段からやらないのさ」

「……ん？」

「アンタ……今聞こえない振りしただろ？」

「んん？」

「やっぱり！　アンタ、今まで面倒臭いから素材持って帰ってこなかったんだろ⁉」

「そ、そんなことねえよ……」

「アタシの目を見て言いな」

「……」

マーリンはメリダから目を逸らした。

「アンタはぁっ‼」

「メ、メリダ殿！　協会に着きましたから！　どうか落ち着いて！」

「……ったく、アンタ、これからもちゃんとやりなよ？」

「お、おお」

「はあ……もう」

宿場町に設置されている協会の支部に立ち寄った一行は、協会の入り口で騒いだものの、ハンターには騒がしい者も多いのでさして気にされなかった。

その状況に、ディセウムは疑問を持った。

「それにしても意外ですね。ハンター協会内でもマーリン殿とメリダ殿が気付かれないとは」

それは宿場町に入ったときから感じていた疑問だった。

マーリンとメリダは、いわゆる平民からでた英雄だ。

なので、一般市民は全員二人の顔を知っていると思っていた。

だが実際は、道行く人間の誰もが二人を英雄だと認識していない。

そして、それがハンター協会内でもそうであることがどうにも不思議だったのだ。

「まあ、俺らは王都のハンター協会に出入りしてたからな。他の支部まで顔は利かないんだよ」

マーリンはそう言うが、ディセウムはどうしても解せない。

「それにしたって、マーリン殿とメリダ殿の書籍や絵姿は大量に出回っているんですよ？　なぜ気付かないのでしょうか？」

「うおぉ……やめてくれ……」

「ディセウム、アンタあの絵姿見たことあるのかい？」

ディセウムは、世の中にマーリンとメリダの絵姿が出回っているのに気付かれないことが不思議だったのだが、そのことを指摘するとマーリンは羞恥で悶え始め、メリダはディセウムにその絵を見たことがあるのかと訊ねた。

「え？　はい」

「それで、なんで疑問に思うのかねえ……」

メリダはディセウムの返事に、呆れて額に手を当てた。

ディセウムは訳が分からないといった表情をしていたが、それを説明したのはスレインだった。

「あの絵を初めて見たときは笑ったなあ……美化され過ぎてて」

「え？　そうかい？」

「そうだよ。どの絵もさ、大抵本人の五割増しくらい美形に描かれてるよ。正直、気持ち悪くて見てられない」

「俺も……」

「アタシも恥ずかしいったらないよ」

世間では、マーリンとメリダを信奉するあまり、かなり美化された絵姿が出回っていた。

そして、その絵に慣れすぎた市民たちは、本人を目の前にしても本人とは気付かないという事態が発生していた。

「まあ、アタシとしては、騒がれなくて丁度いいけどね」

「そういうものですか？」

ディセウムとしては、マーリンとメリダに対して尊敬の念が強いため、美化された絵姿も普通に受け入れていたので違和感を感じていなかったらしい。

だがスレインは、ディセウムにこそ疑問を持った。

「俺はディス兄ちゃんが気付かれないことの方が驚きだよ」

ディセウムは、マーリンとメリダが気付かれないことを不思議がっていたが、スレインからすれば、この国の王太子であるディセウムが誰にも気付かれずに平然と街を歩いていることの方がおかしく感じる。

そのスレインの疑問に対し、ディセウムは笑いながら答えた。

「だって、国民のほとんどは私の顔を知らないだろう？」

「そうなの？」

「そうさ。立太子（りったいし）の儀式のときだって、国民の皆さんは遠目から見るだけだったし、お二人のように絵姿が出回っている訳でもないしね」

「でも多少は出回ってるでしょ？」

「そうだとしても、まさかここに王太子がいるとは思わないさ。そういうときは、案外気付かれないいんだよ」

「へえ、そうなんだ」

王族と英雄という特殊な立場の人間が、周囲の注目を集めない訳を聞かされたスレインは納得したように呟（つぶや）いた。

だが、ここから先はそうはいかない。

ハンター協会で魔物素材を換金する際は市民証の提示が義務付けられている。

偽装ができない市民証を提示するということは、身分を明かすということになる。

そこで、まずミッシェルが前に出た。

「失礼する、ちょっとよろしいか？」

「はい。なんでしょうか？」

ミッシェルは買い取り窓口に座る受付嬢に、まず騎士団のバッジを見せ、その後に市民証を提示した。

　二つの身分証明書を見た受付嬢は訝し気に首を傾げる。

「王都騎士団の方……ですか。あの、どうしてこの支部に？　何か事件でも？」

　そう疑問に思うのも当然である。

　騎士団といえば王国に所属する軍人である。

　その軍人が一人で宿場町のハンター協会支部を訪ねてきたのだ。

　そんな受付嬢の心情を察したミッシェルは、小声であることを告げた。

「実は、とある方に同行していてな、騒がれると困るのだ」

「とある方……ですか？」

「ああ……すみません、こちらへ」

　受付嬢には誰と告げずにマーリンたちをカウンターに呼んだ。

「よいか、これから市民証を提示するが、決して声を上げないようにな」

「は、はあ……」

「では、まずはスレイン君から」

　ミッシェルに指名されたので、差し出した市民証に魔力を通す。

　すると、市民証に名前が記された。

「ええと、スレイン……ウォルフォッ！」

大声を上げかけて、受付嬢は自分で自分の口を押さえた。

そして、ミッシェルを見ると、彼はコクリと頷いた。

「と、ということは……」

スレインの側には、彼の両親と思しき男女が立っている。

さっき見たスレインの市民証に書かれていた『ウォルフォード』という家名に声を上げかけた。

この青年がウォルフォードだとするならば、この二人は……。

「し、ししし市民証を拝見いい致しましゅ」

噛み噛みになった受付嬢に苦笑しながら、メリダが市民証を見せる。

受付嬢は最初から口を押さえた。

「メリダ＝ウォルフォード……」

口を押さえているので周りに声は漏れていない。

受付嬢の瞳は感激で潤み始めていたが、必死で押し止めた。

なぜなら、ウォルフォードはもう一人いるからだ。

「ほらよ」

ぶっきらぼうに差し出された市民証を見たとき、受付嬢はとうとう泣き出した。

「マ、マーリン＝ウォルフォード……様……」

今世界中で大人気の英雄マーリンを間近で見た感激で、涙が止まらない。

そんな受付嬢の様子に、マーリンたちは大いに慌てた。

「おいおい、頼むぜ。まるで俺たちがアンタを苛(いじ)めてるみたいに見えるじゃねえか」

なんとか泣き止んでもらうようにマーリンが声を掛ける。

だが、普段接することのできない英雄を前にすると、中々落ち着いてくれない。

さすがに困ったマーリンは、あることを思いついた。

「ああ、そういえば、まだ一人市民証を見せてなかったな」

話題を変えることにしたのだ。

「そ、そうでした。ではそちらの方も市民証の提示をお願いします」

受付嬢はそう言って、残る一人に声を掛けた。

「ああ、分かった」

そうして、提示された市民証を見た受付嬢は……。

「……」

ガタガタと震え始めた。

「お、おい？」

「ディ……ディセウム＝フォン＝アールスハイド……殿下？」

「あ、ああ」

ディセウムがそう答えると、受付嬢が今度は真っ青になった。

市民証は、最初に設定した本人以外の魔力には反応しない。

さらに、この国で『アールスハイド』を名乗れるのは王族だけ。

つまり、目の前にいるのは、本物の王太子ディセウムということになる。

英雄の次は雲の上の存在の王太子の出現により、受付嬢は気を失いそうになる。

「ちょっと！　戻っておいで！」

「はっ！」

メリダの声でギリギリ意識を保った受付嬢は、今度はガチガチになってしまった。

「あああああの、おおおお初に御尊顔（ごそんがん）をはは拝謁（はいえつ）いたしましゅ！」

「ああ、いや。そんなに畏（かしこ）まられるとこちらも困るから、普通にしてくれると助かるんだが……」

震える受付嬢にそう言うディセウムだが、受付嬢の方はそれどころではない。

「そそそれで、ど、どういったごご御用でしょうか？」

声が震えて、なんと言っているのか聞き取りづらいが、用件を聞かれているらしい。

とにかく受付嬢を落ち着かせようと、メリダが優しく声を掛けた。

「ここは素材買い取り窓口よね？　なら、素材を売りにきたのよ」

「そ、そうですよね！」

「それで、ここに出していいのかしら？」

「は、はい！　お願いしましゅ、導……」

うっかり『導師様』と言いそうになった受付嬢の口をメリダが慌てて手で塞いだ。

「だから、ちょっと落ち着きなさい」

ちっとも思うようになってくれない受付嬢に、メリダは段々イライラしてきたのか、ちょっと怖い口調でそう諭した。

メリダの雰囲気が変わったことを察知したのか、受付嬢は口を塞がれたままコクコクと頷いた。

「ぷはっ……も、申し訳ございません……それでは、こちらに素材を出してください」

「ああそれと、解体してる時間がなかったからそのままなのよ」

「はい、構いません。ただ……」

「解体の手数料分は引かれる、でしょ？」

「あ！　そ、そうですよね、メ……お客様にとっては当然知っていることでした」

「ええ、分かればいいのよ」

今度は思いとどまった受付嬢にニコリと微笑むメリダだったが、その笑顔の奥底にある威圧感に、受付嬢はさっきと別の意味で震えが止まらない。

「それじゃあ、一体ずつ出すからな」

マーリンはそう言って異空間収納から途中で狩った猪や狼の魔物を出していく。

その魔物は、的確に頭だけ撃ち抜かれていたり、首だけなかったりと本体に傷一つなく最高の状態で持ち込まれた。

「わあ……さすがです」

「そ、そうか？」

「あんまり褒めないでね。すぐ調子に乗るから」

「なんだよ」

「なにさ」

突然始まった英雄夫婦の掛け合いに、さっきまで緊張でガチガチだった受付嬢も次第に気持ちがほぐれていった。

「ええと……それでは、金額はこれくらいになりますね」

「おう、じゃあそれをこの二人の口座に入れといてくれよ」

提示された金額を了承したマーリンは、その買い取り金額を自分ではなくスレインとディセウムの口座に振り込むように指定した。

「え？　よろしいのですか？」

通常、パーティーで魔物を討伐した場合は、基本的に等分するのが暗黙のルールだ。なので、二人にだけ振り込むということを不思議に思い、訊ねたのだ。

「ああ、俺たちは十分金持ってるしな。コイツらにやってくれ」

マーリンは、元々討伐した魔物の素材で稼いだ金をスレインとディセウムにやる小遣いのつもりでいた。自分の小遣いになると思えば、より一層真剣に魔物の討伐に当たるだろうという魂胆もある。

「は、はい、分かりました」

マーリンたちはそのまま買い取りカウンターを後にし、このハンター協会支部での用事は終わったので協会を出ようとした。

「ん？」

その時スレインは、ハンター協会に似つかわしくない創神教の神子服を着た少女が、女性ハンターに声を掛け、そしてションボリしていることに気付いた。

「あれ、何やってるんだろ？」

どうしても気になったスレインが、隣を歩いているメリダに話しかけた。

「ん？ どうしたんだい？」

メリダはスレインの問いかけに答えたのだが、そのメリダの声が聞こえたのだろう。神子服の少女が、こちらを振り返った。

「……‼」

その少女を見た瞬間、スレインの全身に電気が走った。

肩の下くらいにまで伸びた綺麗なプラチナブロンド。

小さい顔に大きな蒼い瞳。

そして、華奢な体。

スレインは、その少女を見た瞬間から、少女の輪郭が淡く光っているように見えた。

まさに、一目惚れをしてしまったのだ。

少女の姿に見惚れてしまい、ポーッとしていたスレインは、その少女がこちらに向かって来るのを見て大いに慌てた。

自分はついさっき宿場町に着いたばかりで、若干汚れている。

しかもまだ宿を取っていないので汗も流していない。

せめてものあがきとして、服に付いた汚れを手で払い落とし、その少女を迎える準備を整え、

「や、やあ！」

勇気を振り絞って手をあげて声を掛けるが……。

その少女は、スレインではなく隣にいるメリダの前に立った。

「……」

手をあげたまま固まるスレインを見て、マーリンたちは必死で笑いを噛み殺した。

男たちがそんな馬鹿なことをやっている間に、少女はメリダに声を掛けた。

「あ、あの……ハンターの方ですか⁉」

「そうだけど？」

「お綺麗な方でしたので、魔道具士の方かと思いました」

「おや、中々見る目があるじゃないか」

「え？」

「アタシはハンターで魔道具士なんだよ」

「そうなんですか！　すごいです！」

綺麗だの、凄いだのと褒められて上機嫌なメリダは、ニコニコしながら少女に話し掛けた。

「それで、どうしてアタシに声を掛けてきたんだい？」

「あ！　あの、実はお願いがありまして……」

「お願い？」

「はい。本当に身勝手なお願いなのですが、もしダームに行かれるのでしたら、私も一緒に連れて行って頂けませんか？」

少女のお願いというのは、ダームまで連れて行ってほしいというものだった。

「ダームまでねえ」

「はい」

「……ちなみに、ここまではどうやって来たんだい？」

「イースからアールスハイドまで来る隊商があったので、それに同行させて頂きました」

少女の言葉にメリダは納得した。

目の前にいる少女は、非常に見目麗（みめうるわ）しい。

男のハンターと一緒だと、そのハンターに襲われることもある。

だが、隊商と一緒ならその危険も減る。

「ちなみに、その隊商は？」

「それが……アールスハイドの別の街に行くとかで、ここで別れたんです」

「ふーん」

「ダームに向かう隊商があれば同行させていただこうかと思ったんですけど、しばらくないそうです……」

「それで女性のハンターにばっかり声を掛けてたんだね」

「はい。隊商に同行させてもらえないとなると、ハンターの方に連れて行ってもらわないといけないんですけど、その……」

「男のハンターに頼んだら、身の危険があるからねえ」

「……はい」

「特にアンタは可愛らしいから、あっという間に襲われちまうだろうね」

「うう、そんなこと言わないで下さい」

　よほど切羽詰まっているのか、メリダがちょっとからかうと、すぐに泣きそうになってしまった。

　その様子を見たメリダは、少し息を吐いて少女に訊ねた。

「まあ、声を掛けてきた理由は分かった。特に行き先を決めた旅じゃないから、連れて行ってやるのは構わないんだけど……」

「本当ですか⁉」

　連れて行ってもいい。

　その言葉に、少女は食いついた。

「ちょっと落ち着きな！　まだ話には続きがある」

「す、すみません」

「で、その話の続きってのはね、見ての通り、アタシは一人で旅をしてる訳じゃない」

「え？　あ……」

　少女は、その時初めてメリダの周りに人がいることに気付いたようだ。

　その様子を見たメリダは、よほど必死だったのだなと苦笑しながら、マーリンたちを紹介した。

「この二人は、アタシの旦那と息子。それとこっちは……まあ、良いとこのボンボンだ」

「そうなんですか……」

　少女はここで少し考えた。

　最初はメリダのことしか見えていなかったが、このパーティーは男性四人に女性一人のパーティーだ。

　ほとんどが家族とはいえ、これだけ男が多いパーティーに入っても大丈夫だろうか？

　そんな少女の悩みが、メリダには手に取るように分かった。

「まあ、一度男どもと話してみて、それから決めてもいいんじゃないかい？」

「そ、そうですね……」

　心の内を見透かされていたことで、気を悪くしたのではないかと心配になった少女だったが、その心配はすぐに払拭された。

「それじゃあ……」

「あ、あの！」

　メリダが、最初は誰と話をさせるかと男連中を見渡そうとしたとき、スレインがいの一番で話しかけてきたのだ。

「は、はい？」

　その勢いに、少女は思わず返事をしてしまった。

「俺、スレインです！　こっちの母ちゃんの息子で、ええと、あっちの父ちゃんの息子で、ええと、あの、とにかく俺は安全です！」

「落ち着けこの馬鹿！」

「あいたっ！」

凄い勢いで少女に捲し立てるスレインに、少女は若干引いた。

メリダはそんな暴走している息子の頭を、思い切りド突く。

「アンタはもういいよ」

スレインはメリダにそう言われて、皆の後ろに追いやられた。

「さて、次は私だね。初めましてお嬢さん。私はまあ……ちょっと良いとこの家の者でね。自分の見聞を広げるために、このお二人の旅に同行させてもらっているんだ。こっちは護衛のミッシェル」

「ミッシェルです」

「はあ、どうも」

「ちなみに、私には婚約者がいるから、貴女に手を出すことはありませんので、安心してください」

「そ、そうなんですね」

良家のお坊ちゃんで護衛がいて婚約者がいるというのは、少女的にポイントが高い。

それはつまり、自分に手を出すことは考えにくいからだ。

ただ、護衛には名乗らせたのに、自分が名乗らなかったのが少し気になったが、それも良家のお坊ちゃんなら、迂闊(うかつ)に名乗れないのかもと、特に突っ込みはしなかった。

そして、最後に女性の旦那という男性が話しかけてきた。

「あー、まあ見ての通りだ。ウチの嫁は気が強いうえに魔法も上級者だからな、下手な真似して殺されたくねえし、なにより息子と同い年くらいの女の子に手を出したりしねえから安心しな」

「そ、そうなんですね……」

「誰に殺されるって？」

「お前だ、お前」

「……ほう、じゃあ本当に息の根を止めてあげようか？」

「……すいません、調子に乗りました」

「ふん、分かりゃいいんだよ」

「ふ、ふふ」

突然目の前で始まった夫婦漫才(めおとまんざい)に、少女は思わず吹き出してしまった。

「あ、す、すみません！」

「いいよ。それで、どうするんだい？」

メリダは、最終的にメリダたちに同行するのかどうするのかと決断を迫ってきた。

問われた少女は、心が決まったのか、メリダの目を真っすぐに見て答えた。

「よろしくお願いします」

「はいよ、頼まれました」

この男性陣なら大丈夫だろうと判断し、少女はメリダたちの旅に同行させてもらうことを選んだ。

「それで？　アンタ名前は？」

「あ！　も、申し訳ありません！　私の名前は、エカテリーナ。エカテリーナ＝フォン＝プロイセンと申します！」

そう言って深々と頭を下げた。

「イースでその名前ってことは……」

「あ、はい。父はイースで枢機卿（すうききょう）をしています」

「へえ、やっぱり」

イース神聖国は、アールスハイド王国、ブルースフィア帝国、エルス自由商業連合国に並ぶ大国である。

つまり、聖都以外にも街があり、そこを管理しているものがいる。

それを他国では貴族と呼ぶが、イースでは教会の要職に就いているものが領地を治めることになっている。

「つまり、アンタも良いところのお嬢さんだった訳だ」

「あ、あの……マズイですか？」

他国での貴族に当たる地位の娘が旅に同行する。

後々の面倒があるかもしれないので、ひょっとしたらここで断られるかもしれないと、エカテリーナは再度不安になった。

だが、メリダはエカテリーナの不安を解消する、ある言葉を伝えた。

「ああ、安心しな。ウチにも良いとこのボンボンがいるって言ったろ？」

「はい」

「それに比べりゃ、アンタなんて可愛いもんさ」

「そ、そうなんですか？」

貴族位と同等の家格の自分より凄い家とはなんなのか？

急に気になったエカテリーナは、名前を聞いてみた。

すると。

「それじゃあ……とりあえず、自分で自分の口を塞いでいてくれるかい？」

「え？　な、なんで……」

「さっき、そこの受付嬢に叫ばれそうになったからさ」

「さ、叫ぶ⁉」

「ああ、だから、絶対叫ぶんじゃないよ？」

「は、はあ……」

正直、エカテリーナにはこの行動の意味が分からなかったが、なんとなく逆らってはいけないような気がして口を手で塞いだ。

そして、まずはミッシェルが自分の市民証と騎士団の紋章を見せた。

「私はミッシェル＝コーリング。アールスハイド王国騎士団に所属する騎士だ」

「へ、へえ。騎士様ですか、凄いですね」

肩透かしを食らったエカテリーナは、口を押さえながらそう答えた。

「では、次は私だな」

そう言って今度はディセウムが自分の市民証を見せた。

そこで、エカテリーナは口を手で塞げと言われた意味が分かった。

「お、おうじさま……」

「まあ、そういう訳でね、身分がバレると困るんだよ」

ディセウムはそう言うと、エカテリーナに向かって微笑んだ。

「で、でも、なんでその……お……あの、なんて呼べば？」

王子とも殿下とも呼べず、名前を呼べばバレるかもしれない。

エカテリーナは、ディセウムの呼び名に困ってしまった。

「そんなの、ディス兄ちゃんとでも呼べばいいじゃん」

そんなエカテリーナに声を掛けたのはスレインだ。

その気軽な感じに、エカテリーナは目を剝いた。

「そ、そんな呼び方できる訳ないじゃない！　何考えてんの⁉」

エカテリーナは思わずスレインを叱りつけてしまった。

年が同じくらいだったので、スレインに対しては対等な口調になってしまったのだ。

一目惚れした少女に叱りつけられたスレインは、見た目に分かりやすく落ち込んでしまった。

その姿を見たエカテリーナは、あることに気が付いた。

目の前にいる女性は、大国アールスハイドの王太子のことを『良いとこのボンボン』だと言っていた。

王太子のことをそんな風に言える人物がどこにいるのだろうか？

もしかしたらこの女性は王族に連なる者なのではないか？

だから、その息子であるスレインもこんなに王太子相手に気安いのではないか。

そう思い至ったエカテリーナは、真っ青になった。

王族に向かってあんなことを言ってしまっては、ひょっとしたら不敬罪に問われるかもしれない。

そう思ったエカテリーナは、慌ててスレインに謝罪した。

「あ、あの、ごめんなさい。も、もしかしたら、貴方もその……王族、の方なのでは？」

謝罪しつつ、確認のため王族のところだけ小声にしてスレインに訊ねた。

「いや、平民だけど」

「私の謝罪を返して！」

「ええ⁉」

二度に渡って怒られたスレイン。

しかも二度目は完全な言いがかりだ。

ひょっとして嫌われてしまったのではと、スレインは真っ白になった。

その様子を見ていたメリダは、クックと笑っていた。

「まあ、スレインは小さい頃からこの子に遊んでもらっていたからね。今更畏まる間柄じゃないんだよ」

「え？」

そう言われたエカテリーナは、ますます混乱した。

王太子のことを『良いとこのボンボン』と言える平民とは、一体何者なのか？

そんなエカテリーナの前に、全ての疑問を解消するものが提示された。

「ほら、また口を塞いでな」

そう言いながら市民証を提示するメリダ。

そして、それを見たエカテリーナは……。

「〰〰〰〰っ‼」

今度こそ、本当に口を塞いでいて良かったと思った。

そりゃ魔人討伐の英雄なら偉いはずだ。

そこにどういう力関係があるのかは分からないが、王太子のことを『良いとこのボンボン』などと表現することも、なんとなく納得してしまった。

そして、期待を込めた瞳でマーリンのことを見た。

さっきメリダは旦那と言った。

ということは、間違いなく……。

「なんでそんなに目ぇキラキラさせてんだよ……」

そう言いながらマーリンが差し出した市民証を見たエカテリーナは、思わずしゃがみ込んでしまった。

「アンタ、大丈夫かい？」

突然そんな行動をとったエカテリーナに、メリダが声を掛ける。

するとしゃがみ込んでいたエカテリーナは、ガバッと立ち上がり、メリダの手を取った。

「ああ！　この出会いを神に感謝します！」

エカテリーナはそう言って、神へ祈り始めた。

「分かったから少し落ち着きな！　それじゃあ、明日出発するとして、今夜の宿を探しに行こうか」

「あ、それでしたら、私が泊まっている宿があるので、そちらに行きませんか？」

「いいね。探す手間がなくて助かるよ」

「はい！　こっちです！」

エカテリーナは上機嫌で、自分の泊まる宿へと先導し始めた。

「それにしても、既に宿を取ってるってことは、結構ここで足止めされてたのかい？」

「はい、中々条件が合わなくて……」

「それにしても、そんな大変な思いまでして、なんで旅なんかしてるんだい？　同行してくれる大人はいなかったのかい？」

メリダは純粋に疑問に思ったことを口にした。

成人したばかりの少女が、一人で旅をすることはかなり難しい。

よっぽど魔法や剣に自信があるなら別だが、エカテリーナは神子だ。

創神教の神子は治癒魔法使いが多く、攻撃魔法を得意とするものはあまりいない。

ハンターのメンバーの中に治癒魔法士がいることは珍しくないが、それが一人旅をしているとなるとかなり珍しい。

その質問に、エカテリーナは視線を泳がせた。

「それはその……売り言葉に買い言葉というか……」

「どういうことだい？」

話題を変えてくれないメリダに、エカテリーナは溜め息を一つ吐いて理由を話し始めた。

「私の父がイースの枢機卿であることは話しましたよね」

「ああ」

「父がそうでしたので、私もなんの疑問も持たずに神子になったんですが……」

そこで言い辛そうに言葉を止めたエカテリーナを見て、何かを察したらしいスレインが話に入ってきた。

「大体想像がつくよ。大方、同期の神子かなんかに枢機卿の七光とか言われたんだろ？」

「な、なんでそれを！」

「俺も似たようなもんだもん」

「え？」

ズバリ言い当てられたエカテリーナは動揺してしまったが、続くスレインの発言で思わずスレインをじっと見てしまった。

「俺、中等学院じゃそこそこいい成績だったんだけどさ、あの親に教えてもらえれば誰だって優秀になれるとか、お前だけズルいとか、散々言われたもん」

「アンタ、そんなこと言われてたのかい⁉」

「別に話すようなことじゃないだろ」

「だけど！」

「はいはい、もう卒業して縁は切れてるから。中にはさ、親の七光があるから成績に手心を加えて貰ってるんだろとか、そういうこと言う奴もいたからなあ」

「……」

学生時代に言われるとかなり傷付く類いの言葉を言われているはずなのだが、スレインはなんでもないことのように話している。

自分とは違うスレインの考えに、エカテリーナは興味を持った。

「それで……貴方はなんて言ったの？」

「俺？　なんだったかなあ、母ちゃんのはためになるけど、父ちゃんのは意味が分からんとかなんとか言ったような……」

「さらっとヒデエこと言ってんな！」

「実際意味分かんないんだよ、父ちゃんの話は！」

「あははは！　アタシもスレインの意見に賛成だよ」

「お、お前！」

マーリンとメリダがじゃれ始めたので、スレインは視線をエカテリーナに戻した。

「まあ、そんな感じでさ。ウチは父ちゃんと母ちゃんがアレだから、それはもうしょうがないじゃん。だから、羨ましいだろとか、あんまりそんなことないとか、そんな感じで対応してたかな」

「そう……なんだ」

「で？　エカテリーナちゃんは何したの？」

「え？」

「さっき、売り言葉に買い言葉って言ってたじゃん」

「ああ、ええと……」

「話しなさい」

スレインにさっきの話を追及されて、エカテリーナは一瞬話すかどうか逡巡した。

しかし、メリダは話すことを求めてきた。

母と同年代なのだが、メリダはハンターで魔人討伐の英雄だ。

一般人の母親とは、視線の強さが違う。

その迫力に負けて、エカテリーナは自分が旅に出る切っ掛けになった出来事を話し始めた。

事の起こりは、エカテリーナが聖都で見習い神子になった教会での出来事だった。

教会で神子が行うことは、お祈りと説法、それに冠婚葬祭の祭司を務めることなどがあるが、創神教の教会には必ずあるものがある。

治療院だ。

他人の傷や病気を癒すことも、創神教の教義に副うものとして、教会には治療院が必ず併設されている。

まだ説法や祭司などができない見習い神子は、まず治療院で患者の治療をすることから修行を始める。

そこでエカテリーナは、大変優秀な結果を出した。

軽傷の患者ならあっという間に、重症の患者でも時間を掛ければ完治まで治療できるその魔法の技術は、教会の司教や司祭から高く評価された。

その治癒魔法の技術は、エカテリーナが自分の努力によって身につけたものだが、そのことを他領から来た同期の女性神子にやっかまれたのだ。

ちなみに、同期の男性神子からは非常に人気があった。

そのことも、他の女性神子からしたら面白くなかった。

ある日女性神子たちから、エカテリーナは父が枢機卿であることを後ろ盾にして司教や司祭たちを懐柔している、そんなことをして評価されて嬉しいのかと、謂れのないことで非難され、思わず頭に血が上ってしまった。

そこから女性神子たちと言い合いになり、権威を笠にきた卑怯者だとか、患者だって仕込みじゃないのかとか散々に言われたエカテリーナは、治癒魔法は自分の努力で身につけたものだと反論した。

すると女性神子の一人から「そこまで言うなら一人で旅でも何でもできるのよね？　それができたらアナタのことを認めてあげるわ」と言われ、エカテリーナはその挑発を受けてしまい、そのまま教会を飛び出してしまったのだった。

その話を聞いたメリダは、深い溜め息を吐いた。

「聖職者の卵がなにやってんだい。アンタも、その他の神子たちも」

「返す言葉もございません……」

「で、勢い込んで飛び出したはいいけど、途中で我に返ったと。それで、ハンターに護衛をしてもらいたいけど男は怖いから女のハンターを探してたと」

「……その通りです」

はあ、と呆れた声を出すメリダに、エカテリーナは益々縮こまった。

「それで、なんでイースへ戻るんじゃなくてダームへ行こうとしてるんだい？　冷静になったんなら、イースに戻ればいいじゃないか」

メリダがそう言うと、エカテリーナは目を吊り上げて叫んだ。

「言われっ放しじゃ悔しいじゃないですか！　だから、アイツらがぐうの音も出ないくらい強くなりたいんです‼」

　鼻息荒くそう宣言したエカテリーナを見て、メリダは一瞬目を丸くするが、すぐに呆れたような顔になった。

「だから、アンタは神子だろ？　強くなってどうすんのさ」

「でも、悔しいんです……」

　そう言って、エカテリーナは俯いてしまった。

　そんなエカテリーナに声を掛けたのはスレインだった。

「あ、だったらさ！　ダームまでじゃなくて、その後も俺らと一緒に旅しようよ！」

「え？」

「ちょいとスレイン！　アンタ何言ってんの⁉」

　スレインの提案に、エカテリーナはどういうことかと首を傾げ、メリダは窘めた。

　だがスレインはメリダに構わず続ける。

「俺もさ、魔道具士になるために旅してるんだ」

「魔道具士に？」

「ああ、魔道具士になるには付与する魔法が使えないといけない。そのためには魔物を討伐しながら旅をするのが一番いいんだ」

「でさ、そんな旅に治癒魔法士の君がいてくれると、凄く助かるんだ。だろ？　母ちゃん」

「それは確かに……」

　ここでスレインは、話をメリダに振った。

「それはまあ、そうだけど……」

「だろ！」

「でもねえ、年頃の女の子を旅に連れていくなんて……」

「それだったら、一人で旅をさせる方が不安じゃん！」

「まあ……」

「それに、ディス兄ちゃんを同行させてる時点で、今更だって」

　スレインにそう言われたメリダは、先ほどから会話に入ってこないディセウムを見た。

「確かにねえ」

「だから一緒に来てもらおうよ！」

　スレインがそう言うと、メリダはしばらく考えた後、ようやく了承した。

「分かったけど、この子の意思はどうするんだい？　まだ返事を聞いてないよ」

　とりあえず、エカテリーナを旅に同行させる許可をメリダから得たが、肝心のエカテリーナから同行するかどうか聞いていなかった。

そのことを思い出したスレインは、改めてエカテリーナを誘った。

「な！　一緒に行こうよ！」

スレインにそう言われたエカテリーナだったが、ダームへ連れて行ってもらうだけでも申し訳ないのに、さらにその後も同行させてほしいなんてとても言えない。

本当は、一人で旅なんてできないことはもう分かっているので、同行者が出来ることは歓迎すべきことなのは分かっている。

だが、自分の身の上を話したことで同情させてしまったとしたら、なんだか良心に付け込んでいるようだ。

そんな思いから、せっかくの提案だが、エカテリーナは断ろうとした。

「ええと、誘ってくれて嬉しいんだけど……」

だが、エカテリーナの言葉の途中で、スレインがある言葉を放った。

「一緒に旅をすれば、父ちゃんと母ちゃんが魔法を教えてくれるよ？」

「行く！　行きます!!」

魔人討伐の英雄『賢者』と『導師』から魔法を教わることができる。

その夢のような話に、同行を断ろうと思っていたエカテリーナは、即答で了承してしまった。

「やった！　それじゃあ、これから修行仲間だね！　よろしく！」

ハッと気が付いて口を押さえるエカテリーナだったが、嬉しそうなスレインにその手を取られ、ブンブンと振り回された。

その嬉しそうな様子に、エカテリーナもつい笑みを零してしまう。

そんな手を取り合っている二人に、ディセウムが声を掛けた。

「これからよろしく」

そう言って手を出すディセウムに、エカテリーナは慌ててスレインに握られていた手を離し、ディセウムと握手をした。

「よ、よろしくお願いします！」

「うん、よろしく。私のことは、ディスでもディーでも好きに呼んでくれ」

「あ、はい。じゃあディーさんと」

「それでいいよ」

ようやくディセウムの呼び名が決まったが、エカテリーナはあることに気が付いた。

「そういえば、ディーさんはどうして旅を？」

「ああ、まあ私は世間知らずだからね。ちゃんと世情を知りたいのと、ついでに修行かな。こう見えてもアールスハイド高等魔法学院を卒業してるんだよ」

「え？　あの名門校ですか？」

「ああ、だから君とは修行仲間になるね」

ディセウムも一緒に修行をしているのだと聞いたエカテリーナは、あることを思いついた。

「じゃあ、言ってみれば兄弟子ですし、年上ですので、ディー兄さんと呼びますね」

そう呼ばれたディセウムは、楽しそうに笑った。

「兄さんか。弟についで妹まで出来た気分だね。じゃあそれでいこうエカテリーナさん」

「あ、エカテリーナは長いので、私のことはカーチェと呼んでください」

「分かった。よろしくカーチェ」

「はい、よろしくお願いします、ディー兄さん」

そう言って微笑み合う二人。

そんな二人に、スレインが慌てて割り込んだ。

「じゃ、じゃあ！　俺もカーチェって呼んでいい⁉」

「え、ええ。もちろん」

「やった！」

「えっと、スレイン君、だったよね？」

「そう！　俺スレイン！」

「ふふ、よろしくお願いします、スレイン君」

そう言って頭を下げるエカテリーナだったが、スレインは不満そうにした。

「あのさ、カーチェって何歳？」

「え？　十五ですけど」

「俺と同い年じゃん！　じゃあ、その敬語は禁止ね！」

「え、ええ？」

「ディス兄ちゃんとかは年上だからいいけど、俺は同い年で修行仲間なんだから、俺だけは敬語禁止！　いいね！」

かなり強い口調でそう言うスレインに、エカテリーナは思わず了承してしまった。

「あ、うん。分かったわスレイン君」

「スレイン！」

「え？」

「そこ、呼び捨てで！」

険しい顔でそう言うスレインを見たエカテリーナは、クスッと笑って言った。

「うん。スレイン、これからよろしくね」

「おお！　一緒に頑張ろうぜ！」

スレインはそう言って、ようやく笑顔を見せたのだった。

そんな様子を、大人三人組は微笑ましく見ている。

「いやはや、若いというのは良いですな」

三人を見ながらそんなことを言うミッシェルがおかしくて、メリダとマーリンは苦笑した。

「アンタだってまだ若いくせに、何ジジ臭いこと言ってるんだいミッシェル」

「お前がジジイなんだったら、俺はなんだっつうの」

「中年じゃないかい？」

「お、おまっ！」

「ぷっ、あははは！」

「笑ってんじゃねえよミッシェル！　元はといえばテメエが！」

「ああ、いや申し訳ありません」

「ったく……」

　確かに年齢的には中年と言われてもおかしくない年齢になっているので、強く反論できないマーリンは、話題を逸らすためにもう一度子供三人組を見た。

「それにしてもスレインの奴、普段あんな性格じゃないだろ」

「ふふ、はしゃいじゃってまあ」

「やっぱりはしゃいでるよな。なんだアレ？」

　メリダは、マーリンがスレインの変化について全く分かっていない様子だったので、驚いてその顔を見てしまった。

「なんだよ？」

「……本当に気が付いてないのかい？」

「だから何が？」

本当に分かっていないマーリンに、メリダは溜め息を吐いた。

「分かってないならいいよ」

「だから、何が⁉」

「……アンタの鈍いのは、年を食っても変わらないねえ」

そうしみじみ呟くメリダの言葉に、ミッシェルもつい苦笑した。

ミッシェルも分かったからである。

「お前まで……」

「さて、これからよく見極めさせてもらおうかねえ」

そう呟いたメリダは、ニヤリと口角を上げて笑っていた。

その瞬間、背筋に悪寒が走ったエカテリーナが慌てて周囲を見渡していた。

エカテリーナが、メリダにロックオンされた瞬間であった。

「なんなんだよ⁉」

そしてマーリンは、最後まで気付かなかった。

◆

エカテリーナを旅の仲間に加えた翌日、宿を引き払ったマーリンたちは早速街道を進み始めた。

ディセウムとミッシェルは変わらずに馬で、そしてマーリン、メリダ、スレイン、エカテリーナは馬車での移動である。

いつもは両親のどちらかと幌（ほろ）の中にいるスレインだが、今日は違う。

エカテリーナが一緒にいるのだ。

スレインは、一目惚れした女の子が同じ馬車に乗っているだけで自分のテンションが上がるのを感じていた。

「へえ、それじゃあスレインは高等魔法学院に合格してたんだ」

「へへ、まあね」

「でも、勿体なくない？　アールスハイド高等魔法学院って、イースでも聞いたことあるよ。優秀な魔法使いを輩出するって」

「それはそうだけど。でも……」

「でも？」

「魔道具士になるなら、母ちゃんに教えてもらった方が絶対いいだろ？」

笑いながらそう言うスレインに、エカテリーナも思わず笑ってしまった。

「あはは！　確かにそうね！」

「こんな身近に最高の先生がいるんだぜ？　高等魔法学院でだって無理だよ」

「確かに！」

スレインの母メリダは、魔人討伐の英雄でもあるが、今やアールスハイドだけでなく、イースにまで広がっている生活用魔道具の開発者だ。

そんな人物に教えを請うことができるなら、それは高等魔法学院に通わなくたって構わないだろう。

だが、そうなるとエカテリーナには不思議に思うことがあった。

「でも、最初から行く気なかったんでしょ？　なんで受験したの？」

エカテリーナがしたのは、正直誰もが疑問に思う質問だろう。

だからエカテリーナも何の気なしに聞いたのだが、その途端スレインが少し寂しそうな顔になった。

「え？　ど、どうしたの？」

「俺さ、ばあちゃんがいたんだ」

「え？」

「父ちゃんと母ちゃんから、ばあちゃんがもうあんまり長くないって聞かされてさ、それで……最期に俺の良いところを見せたかったんだ」

「そうだったんだ……」

誰もが感じる疑問ではあったが、そのことを聞いてしまったことをエカテリーナは少し後悔した。

だが、ここで謝ると余計雰囲気が暗くなってしまう。

そこであえてエカテリーナは謝罪以外の言葉を口にした。

「ねえ、それで、御婆様には良いところを見せられたの？」

「……ああ、合格発表までは待ってくれたよ」

「そう……御婆様、きっと喜んだでしょうね」

「え⁉」

高等魔法学院の合格を告げた次の日に、祖母サンドラが亡くなってしまったため、スレインには悲しいという感情しかなかった。

だが、エカテリーナの言葉にスレインがハッとして彼女の顔を見ると、優しく微笑んでいた。

その笑顔が眩しくて、スレインは顔を赤くしながら返事をした。

「そ、そうかな？」

「そうだよ」

そしてエカテリーナは笑みを深めた。

「優しいんだね、スレイン」

「っ⁉」

今まで誰にも言われたことのなかった台詞に、スレインは真っ赤になって俯いてしまった。

（どうしよう、カーチェの顔が見られない！）

内心でそんなことを思いながら、スレインは顔を伏せていた。

正直、恥ずかしくて今は会話を続けられない。

どうにかしてほしいと思っていると、目の前にいるメリダから声が掛かった。

「お喋りしてるのはいいけどアンタたち、ちゃんと索敵はしてるのかい？」

「「え？」」

メリダの言葉に、スレインとエカテリーナは思わず声を揃えてしまった。

「おい！　何ボーッとしてやがる、魔物出てんぞ！」

「うそっ！」

「あ！　本当だ！　す、すみません！」

調子に乗ってエカテリーナに話しかけていたスレインと、英雄のパーティーに同行させてもらっているという安心感から油断しきっていたエカテリーナ。

共に索敵魔法を使っておらず、魔物の接近を見逃してしまったのだ。

魔物を認識したスレインは、慌てて馬車から飛び出していく。

そしてエカテリーナは、

「怪我したら治療してあげるから！　頑張って！」

と馬車の中からスレインを見送った。

好きになった女の子からそんなことを言われたスレインは、それはもう張り切っていた。

「おう！　任しとけ！」

そう言って魔物と戦っているディセウムとミッシェルのもとに行くスレインを、見送っていたエカテリーナ。

自分と同い年の少年が魔物に向かって行く様子を心配げに見ていたが、その彼女に災難が降りかかった。

「アンタは何ボサッとしてるんだい？」

「え？」

「アンタも行ってきな」

後ろからメリダにそう言われたエカテリーナは、問答無用で馬車から叩き出された。

「えええええっ⁉」

治癒魔法士である自分は、戦闘に参加せず、スレインやディセウム、ミッシェルなどが怪我をしたら、それを治療するのが役目だと思っていた。

ところが、メリダはそれを許さず、エカテリーナにも戦闘に参加しろと馬車から放り出した。

「わ、私も戦闘に参加するんですかあっ⁉」

「そうだよ、なにをボヤッとしてるんだい」

エカテリーナを馬車から降ろした後、自分も降りてきたメリダは、エカテリーナの後ろに立った。

「アンタ、強くなりたいんだろ？　だったら戦闘に参加しないとねえ」

「あ、あの！　強くっていっても、どっちかというと治癒魔法が上達すればいいかなあって……」

「治癒魔法も攻撃魔法も同じ魔法だよ。魔力を使うってことに違いはない」

「で、でも、攻撃的な性格になると治癒魔法の精度が……」

「誰も戦闘狂になれだなんて言ってないだろ。つべこべ言わずにさっさと魔力を集めな！」

「は、はいぃっ‼」

メリダの迫力に、慌てて魔力を集めだすエカテリーナ。

まさかエカテリーナが戦闘に参加するとは思っていなかったスレインとディセウムは、魔力の高まりを感じ、驚いてエカテリーナを見た。

「何やってんだよ母ちゃん！　カーチェは治癒魔法士だぞ！」

「そうですよメリダ殿！　神子に攻撃魔法など……」

「アンタたちはこっちのことよりそっちのことを気にしな！　ほら、魔物が来たよ！」

メリダの言うように、魔物化した狼が、徒党を組んでこちらに迫ってきている。

もうすぐそこまで来ていたので、スレインとディセウムは慌てて魔物に向き合った。

「くっそ！　母ちゃん！　カーチェに怪我させたら許さないからな！」

「はいはい、分かったからアンタは集中しな！」

「にゃろおお‼」

スレインは、好きな女の子を戦場に駆り出した母への不満を魔物に向けて発散した。

だが、怒りに任せて放った魔法は、狼の魔物に容易く避けられる。

「げっ！」

「くそっ！」

スレインの魔法を避けた狼に対して、今度はディセウムが魔法を放つ。

その魔法はまたしても避けられてしまったが、体勢を崩すことができた。

「っだらあああっ‼」

その体勢を崩した狼に向かって、ミッシェルが気合いと共に剣を振り下ろし、狩ることができた。

しかし、ミッシェルの剣は狼の頭部に食い込んでしまい、すぐに引き抜くことができなかった。

そして、その隙を狼たちに狙われてしまう。

「わっ！」

「ちっ！」

「殿下‼」

三人とも、もうダメだと思ったその時。

「今だよ！」

「は、はいっ‼」

スレインたち三人の前に、突如物理障壁(ぶつりしょうへき)が展開された。

飛び掛かってきた狼たちは、急に現れた障壁にぶつかり、その動きを止めた。

「ほら！　止めを刺しな！」

「お、おお！」

「これならっ！」

「おおおお‼」

スレインは炎の魔法を、ディセウムは風の刃を、そしてミッシェルは剣を振るった。

先ほどまでは、その俊敏な動きでスレインたちを翻弄していた狼の魔物だが、障壁によって足を止められたところを狙われてはひとたまりもなかった。

魔物は次々に討伐されていき、スレインたちは、ついには群れを全滅させることに成功した。

こうして魔物の討伐に成功したスレインはディセウムと喜びを分かち合っているが、エカテリーナはヘナヘナと地面に座り込んでしまった。

「どうだい？　戦闘にだって役に立っただろう？」

「は、はい……」

エカテリーナにとって初めての魔物との戦闘だった。

無理矢理戦闘に参加させられ、無我夢中で魔法を使ったが、終わってみると今更ながらに震えがきた。

メリダは、ガタガタと震えるエカテリーナの肩を抱いて立たせた。

「戦闘で使うのは攻撃魔法だけ、そんな考えが戦術の幅を狭めるんだ。今みたいに障壁を張ることもできれば、土壁を作ることだってできる。それに、そもそも攻撃魔法を使うのに相手を憎む必要はあるのかい？」

「え？　でも、そういう人の方が攻撃魔法の威力が上がると言われてますが……」

「そんなの、誤差の内さ。攻撃魔法に相手を憎む心なんていらないよ。いるのは……」

メリダはそこで言葉を切ると、急に魔力を集め始めた。

「え？」

「技術さ」

メリダはそう言うと、驚くエカテリーナを横目に、街道脇の林の中から飛び出してきた狼の魔物の生き残りに向かって水を細く収束した魔法を放った。

その魔法が、飛び掛かってきた狼の首を薙ぐと、狼の首と胴体がスッパリと分かれた。

「ひっ！」

まだ生き残りがいたこととと、その魔物が目の前で首を切断され、自分の側に落ちてきたのとで、エカテリーナは思わず悲鳴を上げてしまった。

「今のは、水を極限まで圧縮して勢いよく噴射させたのさ」

「す、すごい……」

メリダの説明を聞いて、エカテリーナは思わず言葉を漏らした。

簡単に説明していたが、それを実現するためには途轍もなく繊細な魔力の操作と、明確なイメージが必要になる。

それを、あんな短時間で行ったことがエカテリーナには信じられなかった。

「今さっきアタシが魔法を使ったとき、魔物を憎んでいるように見えたかい？」

「い、いえ」

「さっきアタシが考えたのは発動する魔法のことだけさ。魔物を倒したのはただの結果だね」

「……すごい」

今までメリダに関することは、書籍などで話だけは知っていた。

だが、実際に目の当たりにすると、自分との次元の違いが痛いほどよく分かった。

その実力は正に英雄。

そんな女性が目の前にいることで、エカテリーナは瞳をキラキラと輝(かがや)かせた。

「さて、こっちはこれでいいとして、あっちは……」

瞳をキラキラと輝(かがや)かせているエカテリーナは放っておいて、メリダはスレインたちの方を見た。

そこで見たのは、またしてもボロボロになった魔物たちだった。

「アンタたちは！　アタシの言ったことが分からなかったのかい⁉」

「だ、だって母ちゃん、あんなの倒すだけで精いっぱいだって！」

「そ、そうですよメリダ殿！　狼の魔物は狡猾(こうかつ)でやりづらいのです！」

「言い訳は聞きたくないね！　前回から二回続けて同じ失敗だ。アンタたちは学習するってことを知らないのかい⁉」

「だ、だったら母ちゃんがやってみろよ！」

あまりにも上から物を言われるので、スレインが思わずムッとして言い返した。

だが、メリダから返ってきたのは、思わぬ返事だった。

「もうやったよ！」

「え？」

「ほら」

「え、お、うそ……」

「き、綺麗ですね……」

メリダが視線で示した先には、首を綺麗に切断された狼の魔物が横たわっていた。

毛皮からなにからボロボロのスレインたちの討伐した狼とは全く違う。

「ス、スゲ……」

「これは……文句の付けようもない……」

スレインとディセウムは、メリダの討伐した狼の魔物を見て、思わず唸(うな)ってしまった。

これだけ綺麗に討伐できるのだから、自分たちの討伐した魔物に対して文句も言うはずだ。

二人は思わず反論してしまったことを恥じたのだが、実は本題はそこではなかった。

「で？　アンタたちはこれを見てどう思った？」

「え？　だから綺麗に討伐してんなって」

「ええ、さすがメリダ殿だと……」

そんなことを言う二人に、メリダは呆れながら言った。

「……なんでアタシが狩ってんだい？」

「「……あ」」

そこでようやく気が付いた。

ここでメリダが魔物を狩ったということは、メリダの方に魔物が来たということだ。

それはすなわち、自分たちが魔物を取り逃がし、さらにそれに気付いていなかったということに他ならない。

「アンタたち、また魔物を討伐したことで油断したね？」

「え⁉　ええと、その……」

「も、ももも、申し訳……」

メリダの威圧に怯える二人。

そして、ついにメリダの雷が落ちた。

「このお馬鹿共‼　何回同じことを言われれば気が済むんだい‼」

「「ひいっ‼」」

あまりの剣幕に、思わず抱き合って震えるスレインとディセウム。

そんな二人相手に、メリダの怒りは収まらない。

「ミッシェル！」

「は、はい！」

突然名前を呼ばれたミッシェルは、思わず直立で返事をした。

「アンタ、ディセウムの馬を連れていきな」

「え？　あの、殿下は……」

「こっちの馬車でお説教だ」

「ひ、ひいぃ」

馬車での移動中、ずっと説教だと言われたディセウムが情けない声をあげた。

そして、縋るようにミッシェルを見るが……。

「は！　かしこまりました！」

直立不動で敬礼しながら、メリダの命令を受け入れた。

「そ、そんな……」

「ほら！　さっさと乗りな！」

こうして馬車の幌の中に放り込まれたスレインとディセウムは、移動中ずっと正座のまま説教をされていた。

エカテリーナは、二人が説教されている幌の中には居辛いので、御者台のマーリンの横に腰かけていた。

「はあ……」

エカテリーナは、マーリンの隣に座るなり溜め息を吐いた。

「どうした、溜め息なんか吐いて」

「え？　ああ、いえ。私って甘かったんだなって思って」

「んん？」

「私、メリダ様みたいな考え方、したこともありませんでした」

「ああ、アイツは色々と考えながら魔法使ってっからな」

エカテリーナの言葉に、マーリンはちょっと嬉しそうに話をした。

その話を聞いたエカテリーナは感銘（かんめい）を受けた。

「凄いですね、理論的に魔法を使うなんて」

「まあ、大抵の奴は感覚で使ってってからな」

「私もそうですよ。何となく使ってます。凄いなあ、自分一人でそんなことができるようになるなんて」

エカテリーナは純粋にそう思ったのだが、マーリンの返答は意外なものだった。

「アイツ一人で考えたんじゃねえよ」

「え？　でも、マーリン様も感覚で使ってるって言いましたよね」

「マーリン様はやめてくれよ。っていうか、俺じゃねえよ」

「え、じゃあ、誰が？」

エカテリーナがそう質問したとき、マーリンは少し寂しそうな顔をした。

「俺の昔からの親友だ。そいつはとにかく魔力の制御が上手くてな」

「へえ」

「制御できる魔力量は俺の方が大きかったんだがな、とにかく魔法を使うのが上手い奴だった。メリダは、高等魔法学院時代にそいつに根掘り葉掘り質問しまくってたな」

さっきは少し寂しそうな顔をしていたマーリンだが、昔の話をしているときは、その当時を思い出しているのか楽し気な表情になっていた。

「三人でいるときは、いつもその話をしてたな。側で聞いてても二人が何を話してんのかさっぱり分かりゃしなかった」

「マーリン様が分からなかったんですか⁉」

「だから、俺は頭使って魔法使うのが苦手なんだよ」

「あ、そうでしたね」

「まあ、メリダには目標があって、そいつの理論はその目標の実現のために最適だったからな。アイツがいなきゃ、今頃魔道具士メリダは生まれてねえかもしれねえ」

「そ、そんな凄い人がいるんですね！」

エカテリーナは、魔人討伐の英雄の他にもそんな凄い人がいるとは思いもしなかった。

純粋に凄いと思っての発言だったのだが、マーリンが少しだけ訂正した。

「ああ、『いた』んだよ」

「え……」

過去形に修正したことで、エカテリーナは察した。

その友人は、もうこの世にはいないんだと。

だから最初、寂しそうな顔をしたんだと。

「あ、あの、ごめんなさい……」

迂闊(うかつ)に辛い過去を探ってしまったエカテリーナは、謝ってションボリしてしまった。

するとマーリンは、落ち込むエカテリーナを見て苦笑し、頭をワシャワシャと撫(な)でた。

「わわっ！」

「ったく、ガキがそんな気を遣うんじゃねえよ！」

「で、でも！」

「確かに、まだ割り切れてねえんだけどな。それは俺の問題であって、お前には関係ない。だから気にする必要もない。分かったか？」

「むぅ……」

「分かったか？」

「はい」

ついこの間とはいえ成人しているのに子供扱いされたことに、エカテリーナは少し拗ねてしまった。

そんな、大人になろうと背伸びしている少女にマーリンは言った。

「お前ら若いもんは未来だけ見てればいいんだよ。それに、過去なんて振り返ってる暇はねえぞ？　ほれ」

「え？」

マーリンはそう言うと、後ろを振り返った。

釣られてエカテリーナも振り返ると、幌の中からいまだに続く説教の声が聞こえてきた。

「うへ、絞られてんなあ」

「き、厳しいですね、メリダ様」

幌の中から聞こえてくる怒声に、思わず顔を顰めるエカテリーナ。

その内心は、二人が可哀想だという思いと、自分でなくて良かったという思いだった。

だが……。

「何、他人事みたいに言ってんだ？」

「え？」

エカテリーナは思わずマーリンの顔を見た。

その顔は、ニヤニヤと笑っていた。

「明日から、お前もあれの仲間入りだよ」

マーリンがそう告げると、エカテリーナは真っ青な顔になった。

その変化が面白くて、マーリンはつい笑ってしまった。

「うははは！　頑張れよ若者！　子供は叱られて大きくなるんだからよ」

「は、はは……」

明日からの地獄を想像し否定する気力もなくなったのか、エカテリーナは力なく笑うだけだった。

そんなエカテリーナを楽し気に見ていたマーリンだったが、ふと視線を前方に向け馬車を止めた。

「おし。じゃあ、大人の俺が、見本を見せてやるとするかね」

「え⁉」

マーリンが突然馬車を止めたことに驚いたエカテリーナが索敵魔法を使うと、前方に大きな魔力があることに気が付いた。

「あ、あれは……」

「おっと、ちょっとデカいのが出やがったな」

街道の脇から出てきたのは、今までの魔物とは大きさの違う魔物。

大型の熊だった。

「ひ、ひ……」

初めて見た大型の魔物。

そしてその禍々しい魔力に、エカテリーナは恐れをなしてしまった。

「おう、懐かしいなその反応」

エカテリーナが恐慌をきたしている姿を見て、マーリンの脳裏にはある懐かしい記憶が蘇ってきた。

そのことを思い出していると、その思い出の張本人が幌から出てきた。

「ちょっと、何が懐かしいって？」

メリダも熊の魔物の魔力を感知したらしい。

「お？　説教は終わりか？」

「本当はまだだけど、厄介なのが出てきたからね」

「そうだな。お前も初めてアイツを見たと……」

そこまで言いかけたマーリンはメリダに口を摑まれた。

「それ以上言ったら、このまま魔法を撃つからね？」

決して冗談を言っている目ではなかったので、マーリンはコクコクと頷いた。

その反応を見たメリダは、ようやく手を離した。

「ぷはっ！　こ、殺す気か？」

「余計なこと言ってないで、さっさとアレなんとかしなよ！」

高等魔法学院時代、熊の魔物と出会ってしまった際のメリダは、泣きながらマーリンにしがみついていたというのに、時の流れとは残酷なものである。

そんな残念な思いになっていると、エカテリーナが叫んだ。

「な、何してるんですか⁉　もう、すぐそばまで来てますよう！」

泣きそうな……というかほぼ泣いている顔で叫ぶエカテリーナ。

そんなエカテリーナと、幌の中のスレインやディセウムを見たマーリンは、もう一度ニヤッと笑ってから前を見た。

「よく見とけよ。これが……」

マーリンがそう言うと、途轍もない魔力を集め始めた。

「ちょっ、アンタまさか！」

何が起こるのか察知してメリダがマーリンを止めようとするが、もう遅い。

魔法は完成してしまった。

「これがお前らが目指すべき高みだ‼」

そう叫んで放たれたのは、極大の炎。

それはあまりに巨大で、熊の魔物は逃げる間もなく、あっという間に包み込まれてしまった。

炎の中から響いてくる、魔物の断末魔の声。

そして、その声が聞こえなくなると同時に、炎も消えた。

後に残っているのは黒く焦げた街道のみ。

熊の魔物は、跡形もなく燃え尽きてしまったのだ。

その光景を見たエカテリーナは茫然とし、スレインとディセウムは苦笑していた。

「す、すす凄い……」

「これを目指せって……父ちゃん……」

「さすがにこれは無理ですよ」

「はっ！　何言ってやがる。目指すならこれくらいを目指さねえでどうするってんだ！」

子供たちの前で良い格好ができたマーリンはご満悦な様子だったが……その背後に鬼がいることに気が付いていなかった。

「何やってんだいこの大馬鹿！　跡形も残ってないなんて、この子たちより非道いじゃないのさ！」

「え？　あ、素材……」

「この子たちに散々素材を協会に納品する大事さを教えてるのに、アンタが台無しにしてどうすんのさ!!」

「だ、だってよ！　またお前の説教で時間食ったから、早く仕留めようと思って……」

「だからって、こんな辺り一面焼け野原にする必要がどこにあるってのさ!!」

そう言われてマーリンは辺りを見渡した。

そこには、広範囲に渡って焼き払われた街道と平原があった。

見るも無残に変わり果てた光景に、スレインとディセウムもマーリンにジト目を向けた。

「父ちゃん、こういうのって環境破壊っていうんじゃないの？」

「マーリン殿、こういうのはさすがにちょっと……」

「手本にならなきゃいけない人間が、真っ先に暴走してどうすんだい！」

皆から一斉に責められるマーリンを、エカテリーナは信じられないものを見る思いで見ていた。

先ほどマーリンが放った魔法は、エカテリーナが今まで見たことのない威力の魔法だった。

それを、直前まであんなに気軽なやり取りをして、何の気負いもなく使ってしまった。

しかも、周りがそれを当たり前のこととして受け止めている。

むしろやり過ぎだから抑えろと。

「こ、これが……」

「これが英雄の力ですよ、お嬢さん」

茫然と呟いたエカテリーナの後ろからミッシェルが声を掛けた。

「凄いでしょう？」

「凄まじいです……」

ミッシェルの問いかけに、エカテリーナは素直な心情を吐露し、それを聞いたミッシェルは深く頷いた。

「マーリン殿がこの力を持っていたからこそ、魔人を討伐することができたのです。というよりも、これくらいの力を持っていないと魔人には太刀打ちできなかった」

「そ、そんなに凄かったんですか？」

「ええ。正直、私はあのとき世界の終わりだと感じましたね。マーリン殿が来てくれた時には、本当に救世主に見えたものです」

「救世主……」

エカテリーナは、メリダに怒られてシュンとなっているマーリンを見た。

「普段はああやって、悪ぶったりふざけたりしていますがね、根は優しい方なんです」

ミッシェルの言葉に、エカテリーナはクスッと笑った。

「ええ、それは分かります」

マーリンは、落ち込んだ自分の頭を撫でて励ましてくれた。

実の父は、権威ある地位にいることから、家庭内でもあまり構ってくれることはなかったため、エカテリーナはなんとなくマーリンに父性を感じ始めていた。

「まあ、こうしてやり過ぎてしまうことも多いんですがね」

かつて騎士団の一員として魔物討伐の任務に就いていた際に、何度かマーリンと一緒に戦ったこともある。

その際にも地形が変わるくらいの魔法を使ったことが何度もあった。

その都度、団長によく怒られていたことをミッシェルは思い出して苦笑した。

「まあ、あれはマーリン殿なりのエールなのでしょう。慣れないことをしようとしている貴女へのね」

「そう、ですね。はい。そうだと思います」

エカテリーナはさっき、熊の魔物が現れる前のマーリンとの会話を思い出した。

あの時マーリンは、明日から地獄の特訓が待っている自分に頑張れと言ってくれた。

ただ修行して強くしてくれるだけでなく、見守ってくれる人がいる。

そのことが無性に嬉しくなり、エカテリーナは自然と笑顔になった。

◆

「ほらほら！　魔力の練りが甘い！　そんなんじゃまともな魔法なんて使えやしないよ！」

「は、はい！」

マーリン暴走事件の翌日から、早速エカテリーナはメリダの特訓を受けていた。

「なにをグズグズしてるんだい！　あそこに土壁（つちかべ）を作りな！　大至急！」

「はい!!」

その様子はまさにスパルタもいいところで、エカテリーナに休む暇を与えないようなものだった。

ちなみに、マーリンは今日も彼らの手伝いをしていない。

もし危険が及びそうになった際は、メリダが対処することになっている。

なのでメリダも、スレインやディセウム、エカテリーナたちと一緒に戦場に出て魔物と戦っているのだが、疲れることを知らないのか誰よりも魔物を狩りながらスレインたちを指導するということをやってのけている。

「ほら、また来たよ！　障壁展開！　急げ！」

「はいいっ!!」

特にエカテリーナへの指導は厳しかった。

それでも、慣れない戦闘に四苦八苦しながら、エカテリーナはメリダの指導に付いて行っていた。

ただ、相当無理をしていたらしく、その日の戦闘が終わった頃には、エカテリーナは力なくグッタリしていた。

「はあっ……はあっ……」

「カ、カーチェ大丈夫か？」

「はあっ、だ、だいじょぶ……」

「ちょっと母ちゃん！」

「なんだい？」

「なんだじゃないよ！　やり過ぎだって！」

エカテリーナが疲労困憊(ひろうこんぱい)で立ち上がることもできなくなっていることに対し、スレインはメリダに、やり過ぎだと抗議した。

だが、メリダはどこ吹く風だ。

「ふーん、じゃあアンタはこの子が死んでもいい訳だ」

「な、なんでそうなるんだよ！」

「だってそうだろう？　アンタやディセウムは、今までずっと攻撃魔法の練習をしてきたね？」

「あ、ああ。そうだけど」

「じゃあ、この子は？」

　メリダはそう言って、グッタリしているエカテリーナを指し示す。

「この子は今まで治癒魔法しか使ってこなかった。攻撃魔法に関しては素人もいいとこなんだよ？」

「そ、それは……」

「ましてや戦闘どころか喧嘩すらしたことがないお嬢様だ。そんな子を強くするのに生半可なことやってて強くなれるとでも思ってるのかい？」

「だ、だからって！」

「スレイン、いいの！」

　メリダの言い分は分かるが、それにしてもやり過ぎだとさらに言い募ろうとしたら、エカテリーナに止められてしまった。

「カ、カーチェ……」

「すみません師匠……お見苦しいところをお見せしてしまって……」

「し、ししょう⁉」

エカテリーナは文句を言うどころか、無様にもへたり込んでしまったことを謝罪した。

しかも、メリダのことは師匠呼びだ。

これにはスレインも驚愕した。

「ふん。いい目だね。なら明日からもっと扱いてやろうかね」

「ふえっ⁉」

「こんなのはまだ序の口だよ？」

「ふえええっ⁉」

とりあえず、今日の修行くらいでは負けないという意思表示のつもりだったエカテリーナだが、まさかこれ以上があるとは想像していなかった。

思わず変な悲鳴を上げてしまったのだが、その悲鳴を聞いてメリダは更に恐ろしいことを言った。

「なんだ、まだそんなに叫べる元気があるじゃないか。なんなら、今からもう一、二戦やっとくかい？」

「……」

その言葉が決定打になったのか、エカテリーナは白目を剝いてひっくり返ってしまった。

「おやおや、しょうがない子だねえ。マーリン、馬車に連れてってあげて」

「お前……鬼か？」

「何言ってんだい、こんなに慈悲深い人間はそういないよ？」

「お前の慈悲の基準が知りたいわ……」

マーリンはそう言いながら、エカテリーナを抱き上げようとした。

「父ちゃん、ちょっと待って」

「あん？」

マーリンが抱き上げようとしたところ、スレインから待ったが掛かった。

「お、俺が連れてくよ」

「へえ……」

顔を赤くしてそう言うスレインを、マーリンは興味深げに見た。

「そっかそっか、ならお前に頼もうか」

「お、おう」

こうしてスレインは、エカテリーナを抱き抱えて運ぶという仕事を、マーリンから奪い取った。

役目を取られたマーリンは、ニヤニヤしながらメリダに言った。

「スレインの奴、エカテリーナに惚れてんのかな？」

「……え？　いまさら？」

いた。

「え？」

俺は気付いたぞとばかりにドヤ顔を見せるマーリンだったが、メリダは別の意味で驚いた。

もうとっくに気付いていると思っていたのだ。

「え？　え？　何？　お前知ってたの？」

メリダの反応に、マーリンはまた驚いた。

「いや、メリダ殿だけでなく、私も気付いてましたよ？」

「私もです」

メリダだけでなく、ディセウムやミッシェルまで知っていたらしい。

ということは……。

「……俺だけ気付いてなかったってこと？」

マーリンのその発言に、一同ドン引きである。

「あれだけ、あからさまに態度に出してるのに……」

「気付かないとか……」

「本当に鈍感なのですな……」

三人に口々に呆れられたマーリンは、気まずい雰囲気を誤魔化すために話題を変えた。

「う、うるせえな！　そ、それより！　スレインがエカテリーナに惚れてんなら、二人っきりにしておけねえ！　ちょっと見てくるわ！」

そう言って、その場から逃げ出した。

慌てて馬車の方に駆けていくマーリンを見ながら、一同は顔を見合わせ苦笑するのであった。


その日の夜。

宿場町で目を覚ましたエカテリーナは、気を失ってしまったことが恥ずかしいらしく、皆との食事中も終始無言だった。

そして、しばらく気を失っていたせいか、就寝時間になっても寝付けなかったエカテリーナは、宿の屋上のベンチに座り夜風に当たっていた。

「はあ……疲れて気を失うなんて……情けないなあ」

戦闘であまり役に立てなかっただけでなく、迷惑までかけてしまった。

そのことが、申し訳ないわ、情けないわで余計に眠れなくなったのだ。

そんなことを考えていると、屋上に誰かが上がってきた。

「え？」

「あ、カーチェ。どうした？」

突然の闖入者（ちんにゅうしゃ）に身構えたエカテリーナだったが、現れたのがスレインだったのでホッとして力を抜いた。

「ちょっと眠れなくて。スレインこそどうしたの？」

「あ、ああ。俺も寝付けなくてさ」

本当は、エカテリーナが屋上に行くのが見えたからなのだが、スレインはちょっとした嘘をつき、エカテリーナが座っているベンチに近付いた。

「と、隣、いい？」

「あ、うん」

エカテリーナの了解を貰ったスレインは、ベンチに座る。

さして大きくないベンチは、二人が並んで座ると距離がかなり近くなる。

夜、人気のない屋上のベンチでエカテリーナと二人きり。

そのシチュエーションに、スレインの鼓動は高鳴りっ放しだ。

座ってからしばらく会話がなかった二人だが、その沈黙に耐えかねたスレインが話を切り出した。

「さ、さっき、晩飯のとき、なんか落ち込んでたみたいだけど？」

「え？　ああ、うん。今日のことでちょっとね」

また今日の失態を思い出したエカテリーナは、再び落ち込んだ。

だが、スレインにはエカテリーナがなぜ落ち込んでいるのか理解できなかった。

「え？　なんで落ち込むんだ？　カーチェよくやってたじゃん」

その言葉はお世辞ではない。

エカテリーナの張った障壁に守られたのも一度や二度ではないし、魔法で作った土壁は、戦場で大いに役立ったのだ。

それに、やはり魔物との戦闘なので多少の怪我はしてしまう。

その怪我を瞬時に治してもらったときは、その治癒魔法のレベルの高さに驚いたものだ。

だが、それでもエカテリーナには不満だった。

「だって、師匠の指示をこなすだけで精一杯だったし。遅れたせいでピンチになりかけたことだってあったでしょ？　挙句の果てに気を失っちゃって」

「初日なんだし、しょうがないって！　っていうか、母ちゃんの扱きについてこれてるだけで凄いから！」

「でも、師匠は私たちより魔物を討伐してるのに、疲れた素振り（そぶ）さえ見せなかったじゃない」

「アレはバケモンだから気にすんな！」

（ギリッ！）

「っ⁉」

メリダのことをバケモノと言った瞬間に、背後から何かを噛み締める音と、強烈な殺気を感じたような気がして、スレインは思わず後ろを振り返った。

だが、そこには誰もいない。

首を傾げたスレインは、改めてエカテリーナへと向き直った。

すると、さっきまで落ち込んでいたエカテリーナが、俯いて肩を震わせている。

「ど、どうした？」

「だ、駄目だよスレイン、お母さんを、そんな、風に、言っちゃ」

笑いを堪えているのか、途切れ途切れにそんなことを言った。

ようやく笑顔を見せてくれたエカテリーナにホッとしたスレインは会話を続ける。

「いや、ホント。男の俺とかディス兄ちゃんより魔物狩ってんだぜ？　なのに一向に疲れを見せないって、どんな体力してんだって話だよ」

「はあ……でも、やっぱり凄いよね」

エカテリーナもようやく笑いが収まったのか、改めてメリダのことを考えた。

「本職は魔道具士なのにあんなに魔法が上手いし、魔物にも全くひるまないし、パワフルでこのパーティーの誰も逆らえないし」

「ありゃ、女帝だな」

「あははは！」

（ギリギリッ‼）

「「っ⁉」」

さっきより、さらに強烈な殺気を感じた気がした。

今度は二人ともが感じたので、同時に振り返るが、やはり誰もいない。

「な、なんだ？」

「さ、さあ？」

何も見当たらないし、誰もいない。

エカテリーナは、気のせいだと思うことにして話を続けた。

「でも、一緒に旅をしてみて師匠の印象が大分変わっちゃったなあ」

「え？　知り合いだったの？」

「そんな訳ないじゃない。マーリン様と師匠のことは、あっちこっちで書物になってんのよ？」

「あー、そういえばそうだったな」

「息子なのに、読んだことないの？」

「いや……息子だからこそ読みたくないっていうか……」

「まあ身内の話だしね」

「それで？　印象と違うって、その書物の内容とってこと？」

「そう。書籍ではね、マーリン様を陰日向になって支える、淑女の鑑として書かれているの」

「ぶはっ！」

「本物の師匠も素敵なんだけどね。書物の印象とは大分ちがうわね」

「しゅ、淑女！　母ちゃんが淑女！」

メリダが淑女として書かれていることを知ったスレインは、笑いが止まらなくなってしまった。

ひーひー言って笑い転げているスレインは、自分の笑い声によって背後で少しだけした物音に気が付かなかった。

（おい！　落ち着け！）

（あの子、一発ぶん殴ってやる！）

（だあっ！　やめろ馬鹿！）

そんな大笑いしているスレインに向かって、エカテリーナは自分の感想を告げた。

「でも、私は本物の方が素敵だと思うな」

「あのモーレツ母ちゃんが？」

スレインのその言いように、エカテリーナは苦笑してしまった。

「なんていうかね、生命力に満ちてるっていうか。女って、やっぱり男の人からは下に見られることもあるじゃない」

「お、俺はそんなことしねえよ！」

「ふふ、そうだね。でも世間にはやっぱりそういう男の人はいるんだよ」

「……」

自分は違うと否定したスレインだが、やはり世間には女性を下に見ている男が一定数いることは確かだ。

そういう事実はスレインも承知しているので、それ以上何も言えなくなってしまったが、エカテリーナがそのことを気にしている様子はないので、黙って話の続きを聞くことにした。

「でも師匠って、男とか女とか関係ないじゃない。あのマーリン様を尻に敷いて、王太子のディー兄さんを顎（あご）でこき使ってるのよ？　そんな女の人見たことないわ」

「ま、まさか。カーチェは母ちゃんみたいになりたいってこと？」

その質問に、エカテリーナは思わず笑ってしまった。

「あはは！　私には無理だよ。あんなに強くはなれない」

「そっか」

「でも、憧（あこが）れはするかなあ。強く自立した一人前の女。それってカッコよくない？」

そう言って微笑むエカテリーナと、その笑顔に思わず赤くなってしまうスレイン。

真正面からその目を見るのが恥ずかしかったスレインは、視線を逸らした。

「そ、そっか。でもさ、ちょっとか弱いカーチェも、俺は可愛いと思うけどな」

「え？」

「え？」

スレインから聞こえてきた台詞に、思わず聞き返してしまったエカテリーナ。

そして、自分で何を言ったのか自覚したスレイン。

「か、かわいいって……」

「え！　あ！　ちが……くはなくて！　その通りなんだけど！　あ！　いや！　そ、そういう意味じゃなくて！　って、どういう意味なんだ？　と、とにかく、あれなんだよ！」

思わず言ってしまった台詞は、エカテリーナにバッチリ聞こえていた。

そのことを必死に誤魔化そうとしたスレインは、パニックになってしまい支離滅裂なことを口走ってしまった。

その様子があまりに可笑しかったので、エカテリーナはまた笑ってしまった。

「ふふ。ふふふ」

「カ、カーチェ？」

恐る恐る訊ねてきたスレインに、エカテリーナは笑いながら言った。

「ふう……やっぱり優しいね、スレインは」

「え？」

「ありがと。なんだか元気が出たよ。これなら眠れそう」

「そ、そっか」

「うん。それじゃあ私、部屋に戻るね。もし師匠の目が覚めた時にベッドにいなかったら、また怒られそうだし」

「はは、そうだな。じゃあ、俺も戻るわ」

「うん。おやすみなさい、スレイン」

「おう。おやすみ、カーチェ」

そう言って笑顔で挨拶(あいさつ)をし、各々の部屋に戻った。

エカテリーナはそっと部屋の扉を開けると、一緒の部屋に泊まっているメリダが眠っていることを確認し、ホッと息を吐き、静かにベッドに潜り込んだ。

そして、先ほどのスレインの言葉を思い出す。

「かわいい……か」

家族以外の男性から初めて言われたその言葉は、思いのほかエカテリーナの心にすんなりと入り込んだ。

そう言った後、真っ赤になってあたふたするスレインの姿を思い出したエカテリーナはまたフフッと笑って目を閉じた。

さっきは、どうしても眠れなかったエカテリーナだったが、ベッドに入って数分で眠りについた。

そして、エカテリーナが寝入ったことを確認したメリダが、ベッドの上に上体を起こし、エカテリーナを見た。

「まったく、散々好き勝手言ってくれたねえ。それにしても、まさかこの子までスレインに惹かれ始めてるとはね……」

実はさっき、スレインとエカテリーナが屋上で話をしている時、メリダはマーリンと共に屋上へと続く階段のところにずっといたのだ。

何度かスレインが察知した殺気は、メリダが発したものである。

音を遮断するイメージで張った障壁のおかげで、マーリンとメリダの会話は聞こえていなかったのだが、殺気までは抑えきれない。

ということで、先ほどのスレインたちの会話は全部聞かれていたのである。

明日から、スレイン特別修行コースの幕開けである。

それはさておき、メリダには気がかりなことができた。

それは……。

「なるべくスレインと二人にはさせない方がいいのか……それとも、応援してやった方がいいのか……どっちが正しいんだろうねえ」

同じパーティーの中で男女の仲になってしまうと、色々と面倒臭いことも発生する。マーリンとメリダのように夫婦なら問題ないが、そうでないケースの方が多い。

「どうしたもんかね」

メリダの視線の先には、すっかり寝入ってしまったエカテリーナの姿があった。

その姿を見て息を一つ吐いたメリダは、自分も横になった。


そのころ、マーリンと同部屋のスレインは、エカテリーナとは逆に先程のやり取りで興奮して、眠れなくなってしまった。

寝付けないのか、隣でゴロゴロしているスレインが気になって、マーリンも眠れなくなってしまった。

(頼むから寝てくれよ!)

メリダと一緒に二人の様子を見ていたマーリンは当然起きていたのだが、ゴロゴロして中々寝付いてくれないスレインが気になって眠れない。

頼むから早く寝てくれと願うマーリンだったが、その思いも空しく、スレインはしばらく寝付いてくれなかった。

結局、二人して翌日は寝不足のまま出発したのである。

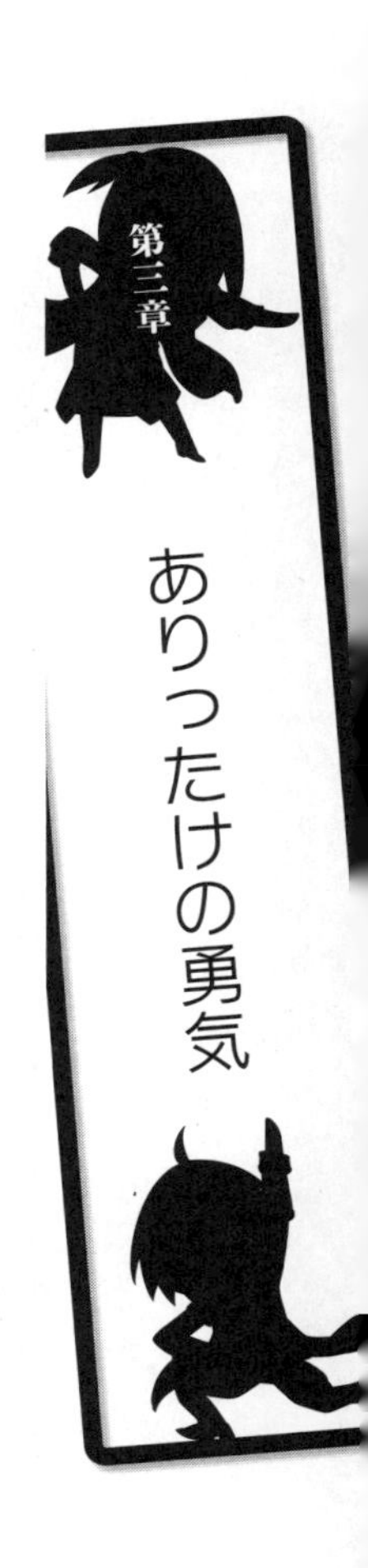

第三章　ありったけの勇気

エカテリーナを新たに迎えたマーリン一行は、ようやくアールスハイドとスイード王国の国境を越えた。

国境を越える際に、ディセウムが身分を隠しているためいくつかの悶着(もんちゃく)があった。

ディセウムの市民証を、警備員詰所(けいびいんつめしょ)の裏に行ってアールスハイド側の国境警備員に見せたり、スイード側に説明と説得をしたりと、面倒事を起こしつつも、一行はスイードに入った。

なお、ディセウムはお忍びで旅をしているので、スイード側に国賓(こくひん)として招くのはなしにしてほしいとお願いしている。

「まったく、面倒だねえ」

「いや、申し訳ありません、メリダ殿」

これから国境ごとにこういった悶着があるのかと考えると、非常に面倒だ。

そのことを隠さずに伝えると、ディセウムは申し訳なさそうに謝罪した。

それを見ていたエカテリーナは、スレインに声を掛けた。

「師匠、凄いわね。大国アールスハイドの王太子様にあんな態度が取れるなんて」

それには、実はスレインも同じ意見だった。

「俺も驚いてる。アールスハイドにいた頃は、王族に対する態度を取ってたから」

「そうなの？」

「うん。俺がディス兄ちゃんって呼ぶのも、やめろって言ってたのに」

「今じゃ、本人が呼び捨てだもんね」

「なんかさ、ディス兄ちゃんが俺らに同行するときに、王族だからって特別扱いはしない、公平に扱うって承諾させてからああなった」

「へえ、じゃあディー兄さんも私たちと同じなんだ」

「ん？　どういう意味？」

「師匠の弟子ってこと」

「弟子？　ディス兄ちゃんが？」

「だって、戦場で師匠に指示されて、後で説教されて、私たちと同じ扱いじゃない」

「ああ、そういえばそうか」

「そういうつもりじゃないんだけどねえ」

同じ馬車に乗っているので、スレインとエカテリーナの会話はメリダに筒抜けだ。

「アタシがああ言ったのは、あくまでこの子の身を守るためさ」

「ディス兄ちゃんの？」

「そうさ。アンタたちも、魔物と戦闘してみて分かっただろ？　戦闘中に相手のことを慮っている余裕はないって」

「それは確かに」

「自分の身を守るので精一杯です」

メリダの言葉に、スレインとエカテリーナが同意を示す。

「そんな戦闘中に、ディセウムのことを殿下と敬って遠慮して指示が遅れてしまったらどうなる？　護衛はミッシェル一人しかいないんだ」

「ああ、だからディス兄ちゃんの身を守るためなんだ」

「まったく、王家は何を考えているのかねえ。ディセウムは王国の大事な跡取りだろうに」

王家に対する疑問は、自分の馬で馬車を追走してきているディセウムに向けて話したため、ディセウムにも聞こえた。

「は、はは……ま、まあ私が戴冠するのはまだ先の話ですからね。こうして世情を見て回れるのも今のうちだけですから。特別に許可してくれたのですよ」

「だからって護衛が一人だけはないだろう？」

「まあ、マーリン殿とメリダ殿がおられますからな。滅多なことは起こらないと陛下もお考えになられたのでしょう。それほどにアールスハイドの人間はお二人のことを信頼しているのですよ」

メリダの疑問にはミッシェルが答えた。

実際にディセウムの身の安全に関する王家の認識はミッシェルの言う通りなのだが、同行を許した理由が違う。

王家の真意を何となく察しているメリダは、ディセウムとミッシェルをジト目で見る。その目は全てを見透かしているようで、二人は冷や汗が止まらない。

やがて「フン」と鼻を鳴らしたメリダは、二人から視線を外した。

「まあいいさ。今のところはアタシの指示にちゃんと従ってるからね」

「それが条件でしたからね。メリダ殿の指示にはちゃんと従います」

「じゃあ、やっぱりディー兄さんも師匠の弟子みたいなものですね」

「弟子？」

「はい！　スレインと話してたんです。私とスレインとディー兄さんの三人は弟子仲間だねって！」

「弟子仲間……」

その言葉に、ディセウムは感銘を受けた。

今まで家庭教師や学院の教師からの指導を受けたことはあるが、それはあくまで教師と生徒の立場だった。だが、師匠と弟子という言葉には、その中に信頼関係が含まれているとディセウムは思う。

今までそんな関係を作ることができなかったディセウムには、エカテリーナの言葉が深く刺さったのだ。

「メリダ殿！　良ければ私もメリダ殿の弟子を名乗ってもよろしいですか⁉」

「は？」

「メリダ師匠……ちょっと言い辛いな……メリダ師……おお、これはしっくりくる！」

「ちょっ、ちょっとディセウム」

「これからはメリダ殿のことをメリダ師と呼ぶことにします！」

「はあ⁉　何を勝手に⁉」

「メリダ師！　これからもよろしくお願いします！」

メリダが呆気(あっけ)に取られている間に、ディセウムはメリダのことを『メリダ師』と呼び始めてしまった。

「はっはっは、羨(うらや)ましいですな。騎士の私ではメリダ殿のことを師匠と呼ぶわけにはいきますまい」

「アンタまで何言ってるんだいミッシェル！　アンタがディセウムを止めなよ！」

「もう無理ですよメリダ殿」

ディセウムの行動を、ただ黙って見ていたミッシェルにメリダは文句を言うが、ミッシェルもアールスハイド国民。

マーリンとメリダに対する尊敬の念は大きく、一方的にだが弟子を名乗ってしまったディセウムのことを少し羨ましく思っていたりもする。

それに、スレインたちと話しているディセウムを見ると、今更弟子になるのは止めろと言い辛い。

「これから同じ弟子仲間だ。よろしく」

「それ、今更だよね、ディス兄ちゃん」

「そうかもね。だけど、こうして言葉にすることが大事なんだよ、スレイン」

「そうよ！　私もメリダ様のことを師匠って呼ぶようになってからグッと距離が縮まった気がするもの！」

「そんなもんか？」

スレインがイマイチピンとこないという顔をすると、ディセウムとエカテリーナは揃って肩をすくめた。

「やれやれ、これだから恵まれた人間は」

「言っとくけど！　今の世界にスレインほど恵まれた人間はいないんだからね！」

「大国の王太子と枢機卿の娘に言われたくねえよ!!」

思わず叫んだスレインに、今度は首まで振って溜め息を吐いた二人。

「分かってないなあ、スレインは。マーリン殿とメリダ師は今や世界中の憧れ。国を超えて尊敬される人物なんだ」

「正直、王族や聖職者より支持者が多いんじゃない？」

「そんな人物を両親として持つ。これがどれほどの幸運か分かってないとは……」

「ありえないわね」

「そ、そこまで言われるとは……」

二人からの総攻撃に合い、スレインはガックリと項垂れた。

そんなスレインを見て、ディセウムとエカテリーナは二人でスレインの肩を叩いた。

「だが、私もようやくその輪の中に入れた。これからよろしくな一番弟子殿」

「そうよ。ずっと昔から教わってたスレインが一番の兄弟子なんだから。よろしくね、スレイン兄さん」

「ちょっ！　兄さんはやめろよ！」

そんな楽しそうにはしゃいでいるディセウムを見てしまうと、確かに今更なしだとは言い辛い。

「はあ、まったく。王太子が弟子になるって前代未聞じゃないか。王家には内緒にしておかないと……」

「そうですか？　私は皆さん羨ましがると思いますが」

「やっぱりおかしいよ、アンタたちは……」

ミッシェルの言葉に、アールスハイドでの異常な熱狂振りを思い出したメリダはゲンナリした。

そして、ひょっとしたら王家が率先して二人を賞賛したからこそ、あの熱狂が生まれたのではないかと思った。

(まったく余計なことを……)

そう内心で舌打ちをしていると、先程から会話に入れなかった人物が声を掛けてきた。

「おおい。俺は？　俺の弟子は？」

マーリンが御者台(ぎょしゃだい)から後ろに向かって声を掛けるが、そう言われた三人は互いの顔を見合わせてから言った。

「いや、マーリン殿を師匠とするのはちょっと……」

「さすがに真似できないというか……」

「父ちゃんは無茶苦茶すぎるんだよ！」

ディセウムからは弟子になるのを断られ、エカテリーナからは真似できないからと断られ、息子からは非難された。

「お、お前ら……」

散々な言われように、御者台でプルプルし始めたマーリン。

「アンタは自業自得だよ」

メリダにまで突き放されたマーリンは、思わず言い返した。

「お、俺だって教えてやれるわ！」

「へえ。だったら、アンタはどうやって魔法を使ってる？」

「それはだな！　魔力をこうグワッと集めて、攻撃をイメージしてからブワッと……」

「学生時代から何の進歩もしてないじゃないか！　むしろどういうことさ⁉」

高等魔法学院時代、マーリンにどうやって魔法を使っているのかと質問したときと同じ答えが返ってきたことに、メリダは驚くと共に不条理を感じた。

マーリンの魔法は、確実に高等魔法学院時代よりも上達しているのだ。

それも何倍も。

こんな説明しかできない人間が、なぜあんなにも強く成長できるのか。

メリダには不思議でならない。

「これはあれだね。マーリン殿は天才肌なんだね」

「そうね。こんな抽象的な感覚であんな凄まじい魔法が使えるなんて……」

「父ちゃん……俺、恥ずかしい……」

改めて参考にならないと思ったディセウムとエカテリーナ。

そして、子供みたいな説明をする父が恥ずかしくてしかたがないスレイン。

この三人から師匠として認められることはなさそうである。

「くそう……」

「悔しかったら、もうちょっと理論立てて説明できるようになってみなよ」

「……無理だ」

「諦めんのが早すぎる！」

いつもの流れで夫婦漫才を始めた二人を、他の人間は微笑ましく見ている。

概ね旅はそんな感じで、時に激しく戦闘し、時にこうして和やかに進みながら、一行はスイード王国を通過し、そのままダーム王国へと辿り着いた。

◆

「へえ、これがダームかあ」

アールスハイドと比べて、どこか落ち着いた雰囲気のあるダーム王都の街並みを見て、スレインは思わず呟いた。

「あ、スレインはダーム初めてかい？」

「ダームがっていうか、アールスハイド以外の国は、こないだのスイードが初めてだよ」

「ああ、それもそうか。マーリン殿たち、忙しくなってしまったからね」

「ま、しょうがないけどね」

マーリンたちが魔人を討伐したのは、まだスレインが幼い頃だった。

外国へ旅をするというのは割と過酷なことが多く、ある程度大きくなってからでないと中々難しい。

マーリンたちなら魔物の襲撃など全く問題はないのだが、馬車での移動に結構な体力を使うので、幼かったスレインは外国旅行には連れて行ってもらえなかった。

その後、マーリンたちが英雄として持(も)て囃(はや)されるようになると、今度は迂闊(うかつ)に国を出て行けなくなった。

結果、スレインにとってこれが初めての外国旅行になったのである。

「私も初めてです」

そんなスレインに追従するように言葉を発したのはエカテリーナである。

「へえ、意外だね」

「父が忙しい人ですから……」

ディセウムが意外だと言ったのには訳がある。

というのも、今でこそ創神教(そうしんきょう)の総本山(そうほんざん)はイースにあるが、それは創神教の教会を中心とした国が出来たから。

それまで創神教の総本山は、このダームにあったのだ。

さらにダームには、イース神聖国建国の父、殉教者イースの生家がある。

創神教の信者にとっては、まさに聖地なのだ。

ましてやエカテリーナは、父が創神教総本山の枢機卿という家庭に生まれ、自分も神子になるほどの敬虔な信者である。

一度も聖地巡礼に訪れたことがないことが、ディセウムには不思議だったのだ。

「父と母は、私が生まれる前に訪れたことがあるそうなんですけど、私が幼い頃に父が枢機卿を拝命してからは忙しくて……」

「スレインと同じだね」

「はい、そうなんですけど……」

「けど？」

「そのことを、あの子たちに馬鹿にされて……『枢機卿の娘なのに、一度も聖地に行ったことがないなんて信じられない』って……」

「それで旅の目的地をダームにしたのかい？」

エカテリーナとディセウムの会話を聞いていたメリダが会話に加わってきた。

「あ、師匠」

「まったく、短慮（たんりょ）というか向こう見ずというか……こんなんが神子になって大丈夫なのかねえ」

「うっ……」

痛いところを突かれたエカテリーナは、思わず胸を押さえた。

本人にも自覚はあるのである。

「まあ、それも含めて矯正（きょうせい）してあげるよ。覚悟しときなよ？」

「よ、よろしくお願いします」

これは益々（ますます）修行が厳しくなりそうだと、エカテリーナは戦々恐々となった。

そんなエカテリーナを元気づけようと、スレインが話題を変えた。

「そんなことよりさ！　カーチェはダームに来たらやりたいこととかなかったのか？」

「あ、いくつか行きたいところがあるわ」

スレインの言葉で、エカテリーナがダームに来たかった理由を思い出した。

そのまま目的地に向かおうと足を動かしたところで、エカテリーナは立ち止まった。

「あの師匠、行っていいですか？」

思いついたらすぐ行動するという癖が出かかったエカテリーナは、自分とスレイン以外にも同行者がいることを思い出し、メリダにお伺（うかが）いを立てた。

その様子が若干怯（おび）えているように見えたため、メリダは苦笑した。

（ちょっと脅し過ぎたかねえ）

そう思ったメリダは、エカテリーナに言った。

「先に宿を取ってからだね。観光してからだと宿がなくなるよ」

「あ、そ、そうですよね」

やはり後先を考えていなかったと反省したエカテリーナは、しょんぼりと項垂れた。

「宿を取ったら、後は好きにしな」

「え？」

「元々ダームには来たかったんだろう？」

「は、はい！　ありがとうございます、師匠！」

項垂れていたエカテリーナは、すぐに復活した。

この切り替えの早さは長所の一つだなと、早く宿を探しに行こうとしているエカテリーナを見ながらメリダは思う。

「分かったから、ちょっとは落ち着きな」

「あ、はい」

さっき反省したばかりなのに、もうせわしなく動こうとしているエカテリーナに、メリダは呆れながらも、世話の焼ける娘の面倒を見ているような気分になり、内心で苦笑していた。

そして、無事に本日の宿が取れたところで、メリダがスレインに言った。

「スレイン。アンタ、エカテリーナに付いて行ってやりな」

「お、俺⁉」

突然のメリダからのご指名に、スレインは動揺してしまった。

「なんだい。見知らぬ街を、この子一人で歩かせるつもりかい？」

「わ、分かったけど、母ちゃんは？」

「アタシらは何回かダームに来てるからね。二人で行ってきな」

「ふ、二人⁉」

さらなる驚愕の提案により、今度はエカテリーナも一緒に驚いた。

「な、なんで？　ディス兄ちゃんは？」

過去に来たことがあるというメリダはともかく、なぜディセウムを連れて行けと言わないのか不思議に思って訊ねた。

「私は他国の王族だからね。このパーティーでは差別なく対応してもらってるけど、他国を堂々と出歩くのはちょっとね」

言われてみれば確かにそうだ。

最近ではディセウムが王族だということを忘れかけていたスレインは、ディセウムの説明に一応納得した。

「わ、分かった。じゃ、じゃあカーチェと、ふ、二人で行ってくる」

「ああ。だけど、暗くなる前に帰ってくるんだよ」

「分かってるよ」

「大丈夫ですよ、師匠」

子供じゃあるまいし大丈夫だと言う二人に、メリダが爆弾を落とした。

「二人で、変なところにしけ込むんじゃないよ」

「「っ!!」」

その言葉に、二人は真っ赤になって絶句した。

そして、赤い顔のままスレインが怒鳴った。

「ばっ！　馬鹿なこと言ってんじゃねえ！」

「そ、そうですよ！　私たち、まだそういう関係じゃ！」

「ほう。まだ、ねえ」

エカテリーナは自分の言葉にハッとし、スレインは驚愕の目を向けた。

「じゃあ大丈夫か。ほら、さっさと行っておいで」

二人を大きく動揺させる爆弾を投下しておきながら、メリダはアッサリと二人に出発を促し、自分は部屋へと向かってしまった。

突き放された二人はどうしていいか分からない。

文句を言う相手がいなくなってしまったので、二人は出かけることにした。

「そ、それじゃあ、い、行こうか」

「あ、あ、う、うん」

ちょっと照れ臭そうなスレインと、自分の言葉で真っ赤になっているエカテリーナ。

その二人をディセウムとミッシェルは微笑ましく見送った。

「いやあ、初々しいねえ」

「そうですな。若いことは素晴らしいことです」

そんな二人の後ろから、落胆した声を出した者がいた。

「なんで俺には聞かないんだよ……」

スレインとエカテリーナから、どうせメリダと行動を共にするのだろうから、聞いても聞かなくても同じだと判断されたマーリンだった。

世界最強の男は、ダームの宿の隅でいじけていた。

◆

宿を出たスレインとエカテリーナは、付かず離れずの微妙な距離を開けてダームの街を歩いていた。

「か、母ちゃんにも困ったもんだな」

「そ、そうだね……」

メリダにからかわれてしまった二人は、妙にお互いのことを意識してしまい、今までのように気軽に会話ができなくなってしまった。

それもこれも、エカテリーナが言ってしまった一言が原因だった。

『まだそういう関係じゃない』

そう言ってしまってから、エカテリーナはハッとした。

『まだ』ということは、自分はスレインとそういう関係になりたいと思っているのだろうかと。

確かにスレインは優しいし、色々と気遣ってくれる。

宿場町の宿の屋上で話をしたときは、ドキッとしたこともあった。

でも、今までずっと男女別の神学校に通っていたため、男子と交流する機会がなく、色恋沙汰と無縁だったエカテリーナは、その感情に戸惑った。

嫌いではない。

でも好きかと言われると、よく分からない。

好きだったとしても、まだ会って数日なのだ。

そんな短い間に恋に落ちるなんて、ふしだらなのではないか？

そんな思いが頭の中をグルグルと回っていた。

対してスレインは、一目惚れだったためすでにエカテリーナへの恋心を自覚している。

そんな彼女が、自分とは『まだ』恋人じゃないと言った。

『まだ』ということは、脈があるのだろうか？

いや、ひょっとしたら、エカテリーナはもう自分のことが好きなのでは？

いやいや、ただ単に言い回しを間違えただけで、なんとも思ってないかもしれない。

そういう感じで、二人とも絶賛混乱中で、相手のことを意識しすぎるあまり会話がぎこちなくなってしまったのだった。

何とか話題を見つけなければと必死に考えたスレインは、丁度いい話題を見つけた。

「そ、そういえばさ。行きたいところってどこなんだ？」

「え？　あ、言ってなかったっけ……あのね、殉教者イースの生家に行ってみたいんだ」

「ああ、あの観光スポット」

「そういう言い方しないでよ」

ようやく自然な感じの会話ができたことに、スレインもエカテリーナもホッとした。

そして、その勢いのまま話を続けた。

「イースは、ここダームの小さな家で生まれたの。聖職者の家系ではなかったけど、その信仰心は誰よりも篤かったと聞くわ」

「ふーん」

「確か、近くに聖女ヴァネッサの家もあったはずよ」

「聖女ヴァネッサって、あのヴァネッサデーの？」

「あら、そこには食いつくのね」

イースの話をしたとき、スレインは明らかに興味がなさそうだったのだが、ヴァネッサの話には食いついてきた。


ヴァネッサデーというものが、この世界にはある。

昔、ある国で圧政を敷く王がいた。

その国では民衆の誰もが苦しんでいて、未来に希望を見出せずにいた。

そこに創神教の神子であったイースが現れ、この圧政から解放されるように革命を起こそうと民衆を扇動した。

だがその革命の計画は王にバレてしまい、イースはその国に囚われてしまう。

その時、イースの幼馴染みで恋人だったヴァネッサという女性が、毎日牢に囚われているイースへお菓子を届け続けた。

毎日毎日お菓子を届けに来るヴァネッサの姿に、門番は心を打たれる。

やがてイースは処刑されてしまうのだが、その光景を見た民衆はいよいよ革命を起こすことを決意。

そして民衆が一斉蜂起した際、王城の門を開けたのはヴァネッサの姿に心を打たれていた門番だった。

彼はヴァネッサに、革命に協力することを約束していたのだった。

こうして革命を成功させた民衆は貴族たちも排除し、創神教の神子イースが民衆を蜂起させたことから、国の運営を創神教の教会に一任した。

新しい国名には、民衆の蜂起を促し処刑された殉教者イースの名前が採用され、イース神聖国となった。

そして、革命が成功した要因として、ヴァネッサが門番を懐柔していたことが取り上げられ、彼女は聖女に認定された。

彼女の死後、囚われたイースに毎日お菓子を届けていたという逸話から、その命日が恋人や好きな人にお菓子を贈るヴァネッサデーとして定着したのだった。

そんなヴァネッサデーに食いついたスレインを見て、エカテリーナはなんとなく面白くない気分になった。

「いや、ちょっと中等学院時代のヴァネッサデーのこと思い出してさ」

「ふ、ふーん」

エカテリーナはますます面白くない気分になった。

今は自分と一緒にいるというのに、過去のヴァネッサデーのことを切り出すとはどういうことなのかと、問い詰めたくなった。

「その日さ、やけに沢山のお菓子を貰ったんだ」

「……」

エカテリーナは、もはや無言である。

「俺って凄いモテるんだって、その時は喜んだんだけどさ……」

「え？　何かあったの？」

話の流れから、どうもスレインのモテ自慢ではなさそうだったので、エカテリーナは若干持ち直し、話の続きを促した。

「いや、漏れなくお菓子に『今度家に遊びに行かせてください』って書いてあってさ。結局父ちゃんと母ちゃんが目当てだったんだよなあ」

「そ、そうなんだ」

その話を聞いた瞬間に、エカテリーナの気持ちが浮上したのが自分で分かった。

「本当に漏れなくだったから、全員にお断りの返事をしたらさあ……」

「なになに？」

「全員、露骨に舌打ちしたんだよ」

「何それ、サイテー！」

口では女子の行いを最低だと罵(ののし)っているが、内心ではスレインがその時に誰とも付き合っていなかったことに、ちょっとホッとしていた。

「それで？　その次の年も同じことがあったの？」

「いや、もうその手は通用しないと悟ったんだろうな。次の年は……ゼロだったよ」

「ぷっ、あはははは!!」

スレインの話を聞いていたエカテリーナは、思わず笑ってしまった。

女子たちの狙(ねら)いが、あからさますぎて可笑(おか)しかったのだ。

だが、スレインにとっては悲惨な過去話なので、笑われてムッとしてしまった。

「なんだよ、そんなに笑うことないだろ」

「ああ、ゴメンね。そっか、スレインはモテなかったんだ。そっかそっか」

そう言って謝罪するエカテリーナだが、その声色(こわいろ)は嬉しそうだった。

「喋(しゃべ)るんじゃなかった……」

「まあ、いいじゃない。それも一つの思い出でしょ？　っていうか、変な女に引っ掛からないで良かったと思いなさいよ」

スレインにとっては悲惨な思い出だが、エカテリーナは軽く笑い飛ばした。

そしてその明るさに、スレインも釣られて笑ってしまった。

「ま、そうかもな」

「そうよ。それよりほらっ、早く行くわよ！　他にも行きたいところあるんだからね！」

そう言ってエカテリーナはスレインの腕を摑(つか)んで走り出した。

「わっ！　ちょっ！　カーチェ⁉」

「早く早く！」

そう言って走るエカテリーナは笑顔だった。

◆

「はあぁ……ここが殉教者イースの生家……」

スレインとエカテリーナがいるのは、イース神聖国建国の父と言われる、殉教者イースの生まれた家。

今はそのまま博物館となり、イースが家族と暮らしていた当時のまま保存されている。

その内部を隅々まで観察していたエカテリーナは、感嘆の溜め息を吐(つ)いた。

「感動だわ。こうしてイースの暮らしていた家に入れるなんて……」

エカテリーナは胸の前で両手を組んで、いかにも感動していますという雰囲気を漂わせているが、スレインは別の印象を持った。

「なんつうか、俺が小さいころに住んでた家に似てんな」

「スレインの？」

「ああ。っていうか、俺の爺ちゃんが建てた家だから、父ちゃんの実家になんのかな？　そこに雰囲気が似てる」

「へえ」

「母ちゃんが魔道具で稼ぐようになってから今の家に引っ越したけど、なんか懐かしい感じがする」

そう言って、物心ついてすぐの頃まで住んでいた家を思い出していた。

「そうなんだ。なんていうか、偉大な人ってこういう家から出るものなのかもしれないって思っちゃうわね」

「それだと、枢機卿の娘のカーチェは……」

「なによ？　喧嘩売ってんの？」

「いやいや、そんなことは」

傍から見ると、カップルがイチャイチャしているように見えるようで、他の見学者たちは、ちょっと迷惑そうにしていた。

だが、そんなことに気付かない二人は、さらに会話を続けた。

「それを言うならスレインだって、今は大きい家に住んでるんでしょ？」

「なんでそれを⁉」

「師匠の魔道具が世界中でどれだけ売れてると思ってんの？　普通に考えて、貴族より大きい家に住んでると見たわね」

「婆ちゃん入れて四人しか住まないのに、そんなデカい家に住むわけないだろ！」

「そう？　じゃあ、家の装飾品にお金かけてるとか？」

「いや、母ちゃんも元は庶民の出だからな。あんまり派手なのは好きじゃないんだよ」

「じゃあ、何にお金使ってるの？」

「あれだよ、例の魔人騒動で兵隊さんがたくさん死んじゃっただろ？」

「ええ。悲しいことだけど……」

「それで、路頭に迷う子供が増えたから、児童養護施設を作ったり運営費に回したりしてる」

　スレインがそう答えると、エカテリーナは……。

「素晴らしいわ！　やっぱり師匠は素晴らしい人だったのね！」

　そう言ってスレインの手を取って感動したことを伝えてきた。

「ちょっ！　カーチェ⁉」

「あ！」

急に手を握られたので、スレインは思わず叫んでしまった。

その結果、エカテリーナも自分の行動に気付き、すぐに手を放し両手をあげてわたわたしている。

「こ、これは違うのよ！　ちょっと師匠の行いに感動して……」

「まあ、カーチェがそう思うのも無理はないと思うけど」

「そ、そうでしょ⁉」

突然手を握るなんて、はしたない娘だと思われたくなかったエカテリーナは大慌てで弁明した。

「そ、それじゃあ、ここはもう堪能（たんのう）したし、次に行きましょうか」

「そういや、次はどこに行くんだ？」

ダームのことはあんまり知らないスレインが、エカテリーナに訊ねた。

するとエカテリーナは、なぜか胸を張って答えた。

「もちろん、ダーム王国のシンボル、ダーム大聖堂よ！」

◆

スレインは、イースの生家に行くときと同様に、エカテリーナに腕を引っ張られながらダームの街を歩いている。

　エカテリーナは、早くダーム大聖堂に行きたい気持ちが強いのか、自分が異性の腕を掴んで街を歩いているということに、さっきも今も気付いていない。

　スレインは、周りからどういう風に見られるのか分かっていたが、今の状況を崩してしまうのはあまりに勿体なく、振りほどくことも言い出すこともしなかった。

「な、なんか迷いなく進んでるけど、場所分かってるの？」

「ええ。宿にガイドブックがあったもの。えーっと……」

　宿に置いてあった無料のガイドブックを取り出そうとして、自分の手がスレインの腕を掴んでいることにようやく気が付いた。

「あ！　ご、ごめん」

「あ……え？　あ、いや別にいいよ」

　エカテリーナは思わず手を放して謝ったが、スレインの方は残念そうな声を出した。

「い、言ってくれれば良かったのに」

「だって……振りほどいたら嫌がってるみたいじゃないか」

「え？」

　エカテリーナは思わず聞き返したが、スレインは視線を逸らしているだけで何も言ってくれない。

ちょっと微妙な空気が流れてしまったが、エカテリーナはガイドブックを出すことでこの雰囲気の打開を図った。

「ほ、ほら！　これに地図が載ってるの」

「どれ？」

スレインはそう言って、エカテリーナの広げた地図を覗き込んだ。

そうすると、必然的にエカテリーナとの距離が近くなる。

「っ！」

急に距離が縮まったので、思わず緊張してしまうエカテリーナ。

スレインはエカテリーナのそんな様子には気付かず、地図を見ている。

「ああ、本当だ。この道で合ってるな」

「で、でしょう？　じゃ、じゃあ、早く行こ。遅くなったら師匠に怒られちゃう」

「そりゃ勘弁だな」

スレインはそう笑って歩き出した。

ちょっと遅れて歩き出したエカテリーナは、少し前を歩くスレインの背中を妙に意識してしまい、ドキドキしながら見つめていた。

「あ、あれじゃないか？」

それからしばらく歩いていると、急に視界が開け、人の数も多くなった。

そこは綺麗に整えられた広場になっており、その中心には……。

「すごい……これがダーム大聖堂……」

「おお、これは……」

広場の中心にそびえる大きな教会。

古い歴史を持ち、歴史的にも美術的にも非常に価値のある建物。

それがダーム大聖堂。

その荘厳(そうごん)な佇(たたず)まいに、あまり信仰に篤くないスレインも感嘆の声をあげた。

「外観だけでもこんなに素晴らしいなんて……中はどうなっているのかしら？」

「観覧(かんらん)できるんじゃないの？」

スレインでさえ感動してしまったのだから、敬虔な信者であるエカテリーナからすれば天にも昇る気持ちだろう。

そして、大聖堂の中も見学させてもらおうとしたとき、横合いから声を掛けられた。

「兄ちゃんたち、大聖堂の中を見学したいのかい？」

「え？　あ、はい。大丈夫ですよね？」

「あー、普段なら大丈夫なんだけど、今日はちょっと無理だな」

「え？」

「な、なんでですか⁉」

声を掛けてきた中年の男性が言うには、今日だけ見学できないという。

納得できないエカテリーナは、男性に食って掛かろうとするが、男性は笑いながら言った。

「見てりゃあ分かるよ」

「え？」

「あ、ほら」

男性が大聖堂を指差したので二人もそちらを見る。

すると……。

ガラーン、ガラーン。

大聖堂の鐘が鳴り始めた。

「な、なに？」

「あ、カーチェ、入り口のところ」

「あ、ああ！」

突然鳴り始めた鐘の音にエカテリーナが困惑していると、大聖堂の入り口が開いていくことにスレインが気付いた。

そして、そこから出てきたのは……。

「素敵……」

「そういうことか……」

大聖堂の入り口から出てきたのは、真っ白な衣装に身を包んだ新郎新婦。

今日、今ここで結婚式が行われていたのだ。

「兄ちゃんたち観光客かい？　ダームじゃあ貴族の結婚式は大体ここでやるんだ。見栄半分、憧れ半分ってことでね」

声を掛けてきた男性が再び話しかけてくるが、二人は目の前の光景に目を奪われ聞こえていない様子だった。

そんな二人の様子を見て、男性はそっと離れたが、二人はそれにも気付いていない。

しばらく無言でその光景を見ていた二人だったが、やがてエカテリーナが口を開いた。

「結婚か……あの人たち、お互い好き合ってるんだね……」

「貴族って言ってたから政略結婚かもしれないけどな」

「もう！　夢のないこと言わないでよ」

「あ、ああ。ゴメン」

「でも、凄いよね。お互いが好きになるなんて奇跡みたい……」

「え？」

スレインは思わずエカテリーナの顔を見るが、その顔は少し物憂げに見えた。

そう言ってそんな表情をするということは、エカテリーナには両想いになりたい人がいるのではないかと考えたスレインは、思い切って聞いてみることにした。

「カ、カーチェには好きな奴がいるのか？」

「んー……」

スレインの問いに、少し考えたエカテリーナは、ちょっと微笑んで言った。

「気になってる人ならいる……かな？」

「そ、そうか」

そっけなく答えたスレインだが、内心は大混乱中だ。

（そ、それってイースにいる奴のことか？　まさかディス兄ちゃん⁉　それとも……も、も、もしかして俺……）

「スレインは？」

「ほうわっ⁉」

「……スレインはどうなの？」

考え中に声を掛けられたので変な声が出たスレイン。

エカテリーナは優しさからそのことには触れないで、スレインはどうなのかと訊ねた。

「……」

「ねえ、どうしたの？」

エカテリーナの質問に、俯（うつむ）いてしばらく考え込んでいたスレインだったが、ありったたけの勇気を振り絞り、顔を上げ話をしだした。

「俺は……いるよ」

「え？」

「いるよ。好きな子」

「そ、そうなんだ……」

スレインの答えを聞いたとき、エカテリーナはアールスハイドにいる子だと思った。アールスハイドで生活していた時間の方が長いのだから、それは当然だとエカテリーナは思う。

だけど、それが当然だと思ってはいるけれども、エカテリーナは物凄いショックを受けていることに自分で気が付いた。

これ以上は聞きたくない。

だけど、滅茶苦茶気になる。

なのでエカテリーナは質問を続けた。

「な、なんでその子のこと好きになったの？」

「一目惚れだった」

「え？」

「見た瞬間好きになった」

「そ、そんなことあるの⁉」

人を好きになるには、時間を掛けてそうなっていくのが自然だと思っていたエカテリーナは、会ったその瞬間に人を好きになったというスレインに驚いた。

「あるさ。今までそんな経験したことなかったけど……一目見た瞬間、その子の周りだけ薄っすら光って見えた。その日から、目が離せなくなった」

「へ、へえ」

「側にいるだけでドキドキする。話をしたら有頂天になる。体が触れ合った日はもう最高な気分だ」

「そ、そうなんだ……」

スレインの語る内容は、まんま自分にも心当たりがある。

ということは、自分のこれはやはり恋心なのだろう。

そう改めて自覚したその時、スレインから思いもよらない言葉が告げられた。

「だから……今もドキドキしてる」

「え？」

「有頂天になってこんなことまで話してる」

「え？　え？」

「ここに来るまで……掴まれた腕を振りほどくなんて、そんなことできやしなかった」

「う、うそ……」

そこまで言われれば、エカテリーナにも分かる。

スレインの言わんとしていることは、つまり……。

「俺は……俺はカーチェのことが好きだ」

「っ!!」

スレインの告白に、エカテリーナは思わず口を両手で塞いだ。

「アールスハイドの宿場町で、初めて見たその瞬間に好きになった。こんな気持ちになったのは初めてだ」

「う、うそ……」

「嘘じゃない。カーチェが俺たちと一緒に旅をしてくれるって言ってくれたとき、本当に嬉しかった」

「……」

そういえば、自分を旅に誘ってくれたのはスレインだ。

結構必死になっていたことを思い出す。

「それから毎日……母ちゃんの修行は厳しいけど、カーチェと一緒だと思うと、それだけで力が湧いてきた」

「スレイン……」

「俺は、本当にカーチェが好きだ」

真っすぐにエカテリーナを見てそう告白するスレイン。

告白されたエカテリーナは、自分でも信じられないほど胸に幸福感が湧き上がってきて、思わず涙が溢れた。

「え⁉　な、なんで⁉」

まさか泣かれると思わなかったスレインは、アタフタと慌てるが、エカテリーナは溢れる涙をそのままに口を開いた。

「分かんない……なんだか分からないけど、嬉しくてしょうがないの……」

「そ、それって……」

「多分……私もスレインのこと……好き……なんだと思う」

「た、多分て……」

「ゴメンね。本当に分かんない。だって……こんな気持ちになったことないもの」

ようやくちょっと笑ったエカテリーナは、涙をぬぐいながらそう言った。

「でも、スレインが過去のヴァネッサデーの話をしてるときはムカムカした。それで女の子と付き合ってないって聞いたときは嬉しかった。そして今の告白は……」

エカテリーナはそう言ってスレインに微笑んだ。

「今までで一番幸せな気分になった」

「っ！　カーチェ！」

「わっ！」

告白した女の子にそんなことを言われたスレインは、もうたまらなくなってエカテリーナを抱きしめてしまった。

「ス、スレイン⁉」

「そ、それって……」

「うん？」

「へ、返事はオッケーってことでいい……のか？」

抱きしめながらそう言うスレインに、エカテリーナは笑って少し体を離した。

「うん。私も……スレインのこと好きです……って言えばいいのかな？」

笑顔でそう言われたスレインは、もう一度抱きしめようとして……。

『わああっ！』

「っ‼」

突然周りから上がった歓声に驚いた。

「やったなあ！　兄ちゃん！」

「可愛い子じゃないか！　幸せにしておあげよ！」

「ヒューッ、羨ましいな！　チクショウ！」

そう口々に祝福して盛大な拍手が贈られた。

「な、な、な」

「え？　見られ……」

真っ赤になって口をパクパクさせている二人に、周囲から笑いが起きた。

「これだけ人が集まってる中でこんな甘酸っぱいことやってんだ。注目しないはずないだろ」

「いやあ、若いっていいねえ」

「いいもの見させてもらったよ」

周りから生温かい視線と祝福をもらった二人は……。

「「にゃあああっ!!」」

謎の叫び声を上げ、二人してその場から逃げ出してしまった。

手を繋いで。

◆

「おや、おかえり……」

ダーム大聖堂から、宿泊する宿まで走って帰ってきた二人は、ロビーにあるソファで寛いでいたメリダに迎えられた。

「はあっ、はあっ、ただいま……」

「ただいまっ……戻りました……」

相当急いで走ってきたのだろう、息も絶え絶えなスレインとエカテリーナ。

なんでそんなになるまで走ってきたのかは分からないが、二人の様子から何かがあったことはすぐに分かった。

「なんだい、二人仲良くそんなになるまで走ってきて」

そのメリダの言葉に、二人は過剰に反応した。

「な、仲良くって⁉」

「べ、別にそんなんじゃ」

慌ててそう言い訳する二人のある一点を見ながら、メリダは言った。

「……手ぇ繋ぎながら言ったって説得力ないよ？」

「「はっ⁉」」

そこで二人はようやく気付いた。

ダーム大聖堂からここに来るまで、ずっと手を繋いでいたことに。

メリダに指摘され、慌てて手を離す二人。

そんな二人を見ながらおかしそうに笑うメリダは、さらに二人をからかう。

「息が切れるまで必死に走ってきて、そんなに早く部屋にしけ込みたかったのかい？」

「下品なこと言うな！」

「あ、あわわわ……」

まさにオバサンといったからかい方をするメリダに、真っ赤になって怒鳴るスレイン。

エカテリーナは、部屋にしけ込む理由を考えたのか、茹蛸みたいに赤くなっている。

「やれやれ、これは今後の部屋割りを変えた方がいいかね？」

「部屋割り？」

「アタシとマーリン、アンタとエカテリーナに」

「「……」」

そんな提案がメリダからされ、真っ赤なまま顔を見合わせる二人。

その表情は、恥ずかしいながらも満更でない様子だった。

「本気にするんじゃないよ、このお馬鹿たちは。成人したばっかりの子を同じ部屋で泊まらせるはずないだろう」

冗談を真に受けた二人に、呆れた声でそう言うメリダ。

思わず本気にしてしまった二人は、恥ずかし気に俯いてしまった。

「まあ、なんにせよおめでとうだね」

「あ、ありがと」

「ありがとうございます、師匠」

祝福されたことに素直にお礼を言う二人だったが、メリダはすぐに真剣な顔をした。

「ただ、アンタたちに言っておくよ」

その真剣な様子に、スレインとエカテリーナは息を呑んだ。

そして、ジッと二人の顔を見ていたメリダは、おもむろに口を開いた。

「……子供だけは出来ないように気を付けるんだよ」

「何言ってんだよ⁉　母ちゃんは‼」

「こ！　こここ⁉」

真剣な顔でとんでもないことを言うメリダと、怒鳴るスレイン。

エカテリーナはちょっと壊れたらしい。

「アタシは、まだ『ばあちゃん』なんて呼ばれたくないからね！」

「ふざけんな！　このクソババア‼」

その日の夕飯では、スレインとエカテリーナが恋人関係になったお祝いが催された。

皆に祝福されて、二人は幸せな気持ちで一杯だった。

ちなみに先の暴言の後、スレインがメリダにシメられたのは言うまでもない。

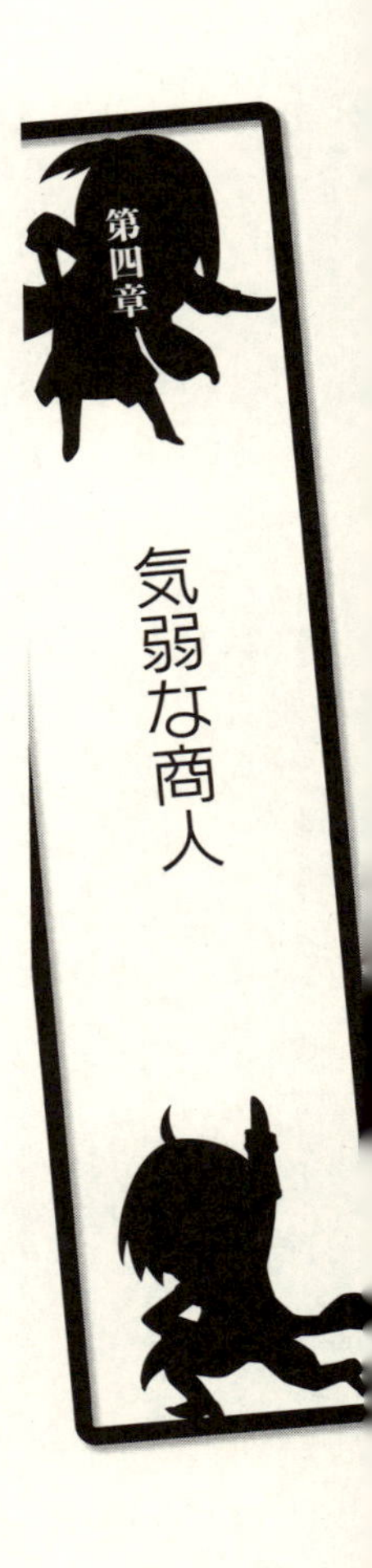

第四章　気弱な商人

ダーム王都を出立したマーリンたち一行は、次の目的地カーナンを目指していた。

ここダーム王国は、アールスハイドほど大きくはないが一日で走破できるほど小さくもない。

なのでアールスハイドと同じように、街道には宿場町が点在している。

旅人は宿場町から宿場町へと移動するのだが、一日中移動し続けるという訳にはいかない。

昼時には、馬車を街道の脇に止めて休憩するのが一般的だ。

その例に漏れず、マーリンたちも昼の休憩を取っていたのだが……。

「あ、スレイン。ゴハン付いてるよ」

「え？　どこ？」

「ほらここだよ」

エカテリーナが自分のハンカチで、スレインの口元を拭いてあげている。

「もう、子供なんだから」

そう言ってクスクス笑うエカテリーナと、恥ずかしそうにしつつも満更でもなさそうなスレイン。

この二人の間だけ、ラブラブ空間が出来上がっていたのだった。

「……なんだか、ここだけ空気が甘いな。歯が浮きそうだぜ」

「まあ、付き合い始めなんてこんなもんさ。大目に見てやんなよ」

イチャイチャするスレインとエカテリーナを見て、何とも言えない気分になるマーリン。

そして、それを諭すようにメリダは言うが、マーリンにはその内容が納得できない。

「あん？　だって、お前はこんな感じじゃなかったじゃねえか」

その言葉に、メリダは深い溜め息を吐いた。

「相手がアンタじゃねえ……あんな雰囲気になんて、なったことなかったじゃないか」

「こんな恥ずかしいことできるわけねえだろ」

自分たちの行為が恥ずかしいことだと言われてしまったスレインは、ちょっと恥ずかしそうにしていたが、エカテリーナは別のところに食いついた。

「私！　師匠とマーリン様の恋バナ聞きたいです！」

エカテリーナは、今自分が幸せだからだろう、他人の恋バナが聞きたくてしょうがなかった。

だが、それを止めたのはマーリンでもメリダでもなかった。

「お、親の恋バナとか聞きたくねえ……」

スレインが心底嫌そうにそう言った。

「そうだよ。息子の前でする話じゃないねえ」

「えー？」

内心ホッとしつつメリダがエカテリーナを諭すが、彼女は不服そうだ。

「そんなに聞きたいなら、ディセウムがいるじゃないか」

「あ！　王子様の恋バナ！　聞きたい聞きたい‼」

自分の代わりにディセウムを差し出すメリダ。

「逃げましたねメリダ師」

「うるさいよ。アンタの方が二人と歳が近いんだ。参考になるような話をしてやんな」

師匠にそう言われてしまえば、ディセウムとしては話さないわけにはいかない。

それに、自分はすでに相手と婚約までしている身。

二人より一歩も二歩も前を進んでいるのだ。

「はあ、言っとくけど、そんなに面白い話じゃないよ？」

「いいんです！　さあっ！　早く話してください！」

なんでそんなに前のめりなのか分からないが、エカテリーナは早く話せと迫ってくる。

「ええと、相手は幼馴染みの……っていうか、アールスハイドの貴族は大抵幼馴染みなんだけど、伯爵家の娘でね」

「王子様と伯爵令嬢！」

そのワードが気に入ったのか、妙にテンションが上がるエカテリーナ。

「アールスハイドの貴族は、五歳の時にお披露目会があってね、そこで初めて会ったんだけど……」

「そこで恋に落ちたんですか⁉　早くないですか？」

「五歳だよ？　なんか、変な子がいるなって印象しかなかったよ」

「変な子？」

「ああ。こう言ってはなんだけど、私はアールスハイドの第一王子で、特に問題なければ王太子になる。その妻の座を狙った子供の親たちが、私に擦り寄るように仕向けたんだろうね。私の周りは女の子で一杯だった」

「わお。五歳でハーレム！」

エカテリーナは楽しそうにそう言うが、ディセウムはゲンナリしていた。

「私は、同い年の男の子たちと遊びたかったんだ。それを女の子たちが放してくれなくてね。ウンザリしていたんだよ」

「あー、やっぱ五歳じゃそうですよね」

「で、その時、輪に加わっていない子がいたんだ」

「あ、もしかして！」

「そう。それが今の婚約者、ジュリアだよ」

「へえ」

「彼女は、他の子の面倒を見るのが好きだったみたいでね、輪から弾かれて泣いている女の子や、輪に入れない子の面倒を見てた。同い年なのにね」

そう話すディセウムは昔を思い出して楽しそうだ。

「それから数年経ったある日、初等学院でお茶会があってね」

「初等学院で⁉」

「はは。一応王族や貴族、大金持ちの商人の子が通う学院だからね。そういうこともあるのさ」

「ふわあ、物語の世界だあ」

また変なところに感動しているエカテリーナは置いて、ディセウムは話を続ける。

「そこでもジュリアはお茶を淹れて回ったり、お菓子を配ったり、独りでいる子を気にかけたりしていたな」

「え、でもそれって伯爵令嬢のお話ですよね？」

「そうだよ。だから言っただろう？　変な子だと思ったと」

「そういうことですか」

「どうにもジュリアのその行動が記憶に残っていてね、ある日聞いてみたんだ」

「そしたら？」

　エカテリーナの目はワクワクして輝いている。

「『私は皆の笑顔を見るのが好きなんです。誰か一人でも悲しい顔をしている人を見るのが耐えられないだけですよ』って、それはまあ眩しい笑顔でそう言ってね」

「それで恋に落ちちゃったんですね！」

「そうだけど……」

「十分ロマンチックじゃないですか！　いいなあ、王子様と伯爵令嬢の恋……恋する二人の間には、それを反対する貴族や、ライバルの令嬢なんかが現れて……」

「いや、概ね祝福されたな。特に修羅場もなかった」

　妄想に浸るエカテリーナは、冷静に事実を告げるディセウムを睨みつけた。

「せっかくいい感じの妄想に入れたのに！　ディー兄さんの意地悪！」

「私が悪いのか……」

「こら。せっかく自分の恥ずかしい話をしてくれたのに、そんな言い方する奴があるかい」

　思わずディセウムに文句を言ってしまったエカテリーナは、メリダに窘められた。

「ご、ごめんさない。ディー兄さん」

「いやいや、構わないよ」

　素直に謝るエカテリーナと、鷹揚に受け入れたディセウム。

　許されたエカテリーナは、チラリとメリダを見た。

　その視線の意味に気付いたメリダは、すぐに行動に移した。

「ししょ……」

「エカテリーナ、そこの小川で食器を洗ってきな。そしたらすぐ出発だよ」

「……はぁーい」

　やっぱりマーリンとメリダの話も聞きたくなったエカテリーナだったが、メリダに機先を制され、話を聞く機会を失ってしまった。

　皆が食べ終わった食器を集め、小川へ持っていこうとするとスレインが立ち上がった。

「俺も付いていくわ」

「え？」

「ほら、護衛だよ、護衛」

「あ、うん。じゃあ、お願いね」

　スレインとエカテリーナは、二人仲良く小川の方へ行ってしまった。

残された者たちは、ホッと溜め息を吐いた。

「ファインプレーだメリダ」

「はあ、自分はとばっちりです」

過去の話を暴露されなかったマーリンと、話してしまったディセウム。

マーリンは嬉しそうで、ディセウムはグッタリしている。

「それにしても、ああも変わるもんですかね」

「多分、今自分が幸せなもんだから、他人の話でも自分に置き換えられるんだろうさ」

ディセウムの質問にそう答えるメリダ。

「ということは……」

「あの子の中では、自分は伯爵令嬢でスレインが王子様になってんだろうね」

「ぶはっ！」

メリダは、エカテリーナの妄想の内容を予想して話し、マーリンは思わず吹き出した。

「まあ、落ち着けばそういうこともなくなるさ」

そう言って、メリダは二人が向かった先に視線を移した。

「ゴメンね。付いてきてもらって」

「別にいいよ。カーチェはそっちに集中しなよ」

「うん」

二人は小川のほとりに来ていた。

といっても、食器を川の水で洗うわけではない。

洗うのは水の魔法を使って洗う。

道端でやると辺りがビショビショになるから、川のほとりでやっているのだ。

そして、この食器洗いはエカテリーナの修行も兼ねた仕事になっていた。

毎回やらないといけないことだし、修行にもなるからやっているのだが、川は街道から外れたところにある。

少し林の中を通らないといけないので、万が一のためにスレインも付いてきたのだ。

今のところ、周囲に魔物の気配はない。

いるのは魔物化していない小動物だけだ。

暖かい昼下がり、静かな林の中で恋人と二人きり。

スレインは、一生懸命に水の魔法を操りながら食器を洗い、ちゃんと落ちたかな？と、しげしげと皿を見るエカテリーナのことを微笑ましいものを見る目で見た。

「あ！」

そんな時、皿に当てる水の強さを間違えたエカテリーナの手から皿が落ち、咄嗟に体が動いたスレインは、地面に落ちる寸前のところで皿を摑まえた。

「「あ……」」

皿が落ちそうになったエカテリーナも、皿を摑まえようと手を伸ばしていた。

その結果、皿の上で二人の手が重なり合う。

しゃがんだ体勢で手を取り合う二人。

当然、その距離は近くて……。

「カーチェ……」

「あ……」

至近距離で見つめ合う二人。

やがて、エカテリーナが目を瞑り……。

二人の距離が、さらに近くなった。


「やっと戻ってきたね。出発するよ」

食器洗いから戻ってきた二人に、メリダがそう言った。

スレインとエカテリーナが、メリダの顔を見ないようにして横を通り過ぎようとしたその時、二人にだけ聞こえるようにメリダが呟いた。

「このエロガキ共め」

「「っ!!」」

まさかバレていたとは思わなかったスレインとエカテリーナは、首まで赤くなってメリダの言葉に反応した。

だが、当のメリダは、何食わぬ顔で出発の準備を整え、そのまま出発してしまった。

出発した馬車の中、スレインとエカテリーナの二人は、ニヤニヤ笑うメリダの前で真っ赤になって俯き、終始無言だった。

そんな居心地の悪い空気を破ったのはマーリンだった。

突如馬車のスピードを上げたのだ。

「え？　あ！　魔物！」

「と……え？　これなに？」

咄嗟に索敵魔法を使った二人は、はるか前方に魔物の魔力を感じた。

と、その際、魔物以外の魔力も感知したのだ。

「ちっ！　行商人が羊の魔物に襲われてやがる！　急ぐぞ！」

マーリンはそう言うと、馬車のスピードを上げた。

そうして現場に近付くにつれ、スレインとエカテリーナは徐々に緊張していった。

行商人が魔物に襲われているとマーリンは言った。

ということは、現場に着いた時に人の死体を見るかもしれなかったからだ。

かなりの速度で馬車を走らせていたマーリンだったが、その時、信じられない行動を取った。

「おい！　何かに掴まってろ！」

「「え？」」

「馬鹿！　無茶するんじゃないよ！」

「うるせえ！　おぉらあっ‼」

メリダの制止も聞かず、なんとマーリンは走っている馬車の上から魔法を放ったのだ。

マーリンの放った魔法は、狙い違わず羊の魔物に着弾。

そして爆発した。

その余波は馬車まで届き……。

「うおわああっ！」

「きゃあああっ！」

咄嗟に掴まるものが思い浮かばなかったスレインとエカテリーナは、お互い抱き合っていたが、そんなものでは当然体を支えきれず、馬車の中を転がりまわった。

「ああもう、この馬鹿っ！　なんてことするんだい！」

メリダは咄嗟に馬車の縁に掴まり、なんとか転倒は免れた。

マーリンに対して怒声を上げるメリダだったが、マーリンはその声に構わず馬車を止めて飛び降りた。

「おい！　大丈夫か⁉」

そう言って駆け寄るマーリンの前には、ボロボロになってしまった荷馬車があり、商品が散乱していた。

そして、襲われていたと思われる行商人の男は、その馬車の陰から這う這うの体でよろけて出てきた。

「え？　あれ？　生きてる？」

「おう大丈夫か？」

行商人は体のあちこちに傷を負っているが、体は無事そうだ。

それでもマーリンは、本人に安否確認をした。

「は、はい。あの、あなたが助けてくれはったんですか？」

「おう。いやあ、間に合って良かったぜ」

「ホンマにありがとうございます……正直、死を覚悟しましたわ」

羊の魔物から救ってくれたマーリンに対して、行商人は深々と頭を下げた。

「いいってことよ。それより、荷馬車引いてるってことは魔法使いじゃねえんだな」

「ええ。異空間収納は憧れ……」

そこまで言った行商人は自分の荷馬車を見て絶句した。

「え？　ええ……」

信じられないくらいボロボロになった荷馬車を見て、声を上げようとしたその時、別の声に遮られた。

「マーリィーンッッ‼」

魔法使いでない行商人の目でも視認できそうなくらい、濃密な魔力をまとったメリダが鬼の形相でこちらに近付いてきた。

その迫力に呑まれて固まってしまった行商人だが、マーリンは慣れたもので平然と対応した。

「おうメリダ。ちゃんと助けたぜ」

「助けたぜじゃなあいっ‼」

詰め寄ってきたメリダは、そのままマーリンの胸倉を摑んで締め上げた。

「く、苦し……」

「アンタ……自分が何したか分かってんのかい？」

小声でそう言うメリダと、首を絞められて顔色が青くなっていくマーリン。

「母ちゃん！　父ちゃん死んじゃうって！」

「師匠！　落ち着いてください！」

スレインとエカテリーナの制止によって、メリダはようやくマーリンの胸倉から手を離した。

「ゲホッ！　な、なんなんだよ！」

「アンタ、コレ見てごらん」

「コレって？」

メリダの指し示す先にあったのは、ボロボロになった荷馬車。

それがどうかしたのかという視線を向けるマーリンに、メリダのコメカミがピキッと筋張った。

それでもどうにか気を静めると、メリダは行商人に向かった。

「どうも、コレの妻です」

「あ、ど、どうも」

さっきの恐ろしい姿を見ているので、行商人の腰が引けている。

だが、メリダは申し訳なさそうな顔をして行商人に訊ねた。

「ちょっと聞きたいんですけど、魔物に襲われたのはアナタ？　それとも荷馬車？」

そこで行商人は、メリダの質問の意図に気付いた。

「ええと……自分です。魔物は荷物には興味を示さんので……」

「ということは……」

「ええ……魔法が魔物を吹き飛ばすまで、荷馬車は無傷でした……」

「……申し訳ありません」

メリダはそう言うと、深々と頭を下げた。

すると、背後からなんとも間の抜けた声が聞こえてきた。

「え？　あれ？　その荷馬車って俺のせい？」

「そうだよ!!　アンタがこの人の荷馬車を吹き飛ばしちまったんだよ！」

あまりにも呑気なことを言っているマーリンにキレたメリダは、マーリンの頭を摑み強引に下げさせた。

「本当に申し訳ありません！」

「ちょっ！」

「アンタも謝りな！」

「ちょ、ちょっと待って下さい！　世界に名だたる『賢者様』と『導師様』に頭下げられても、どうしていいか分かりませんから！」

頭を下げているマーリンとメリダに対して、行商人はそう言った。

すると、マーリンとメリダは驚いて顔を上げた。

「え？　ど、どないしました？」

「アンタ……なんでそれを？」

なぜ自分たちがそうだと知っているのか、そう思ったマーリンとメリダは謝罪から警戒へ一気に態度を変えた。

その眼光に一瞬怯えた行商人だったが、すぐに理由を説明した。

「だ、だって奥さん、この人のことマーリンって呼んでましたし、この人も奥さんのことメリダって言うてましたやんか」

「「……」」

そういえば言ったたな、と思い出した二人。

「あんだけ凄い魔法が使えるマーリンさんと、その奥さんのメリダさん。賢者様と導師様以外考えられへんですやん」

行商人の台詞は尤もで、疑ってしまった二人は再び頭を下げた。

「「すみませんでした」」

「せやから！　頭上げて下さいって‼」

そんなやり取りを繰り返し、ようやく普通に話をすることができるようになった。

「荷馬車をダメにしたのはこの馬鹿だから、それは弁償させてもらうよ」

「それはまあ、お言葉に甘えます」

「それで、それまで不便だろうから、私たちの異空間収納で荷物を預かるよ」

「いや、ホンマに、導師様にそんなことしてもろうたら、逆に恐縮してまいますわ」

そう言って、荷物の保証を提案するメリダに対してしきりに恐縮している行商人。

その姿を見たメリダは、苦笑した。

「その訛り、エルスの商人だろう？」

「は、はい。まだ駆け出しですけど」

「エルスの商人だったらこんな時、荷馬車と荷物の補填だとか、機会損失の補償だとか、何かしらお金を毟り取ろうとするものなんだけどね」

そう言いながら行商人を見ると、彼は頭を掻きながら苦笑した。

「そういうの苦手なんですよ。人の弱みに付け込むというか、ガメツイというか……」

商人らしからぬその台詞に、メリダはちょっと呆れてしまった。

「アンタ、本当に商人なのかい？　どうにも商売人には向いてないような気がするけど」

メリダにそう言われた行商人は、苦笑しながら答えた。

「導師様の言う通りですわ。自分、本当は商売人になりたくてなった訳やないんです」

「どういうことだい？」

「自分、元々は兵士だったんですけど、軍の奴に嵌められましてね……」

「またキナ臭い話が出たねえ」

「はは……まあ、やってもない武器の横流しの罪を着せられましてね、軍を追われたんですわ」

「……罪には問われなかったのかい？」

「さすがに、そこまでしたらやり過ぎやと思たんちゃいます？　今回は見逃してやるから、軍から去れ言われましたわ」

エカテリーナといい、この行商人の男といい、どうして妙な事情を持った人間と出会ってしまうのか。

メリダは思わず額に手を当てて溜め息を吐いた。

その様子を、恐る恐る窺っていた行商人だが、急にメリダが視線を向けたので姿勢を正してしまった。

「今回のことは、全面的にコチラが悪いから荷馬車の手配や荷物の運搬はこちらでやるけど、もう一つお節介を焼いていいかい？」

「え？」

「正直、アンタを見てると不安になる。アタシはこれでも少しは商売を齧ってるからね、多少なりとアドバイスはできると思う」

行商人にとっては、信じられないような提案をされた。

今商売の指南をしたいと言ってきた人間は、現在の魔道具界において、世界一の人気と実力を誇るメリダなのだ。

「そりゃまあ、導師様にアドバイスがもらえるとなれば、これほど嬉しいことはないんですけど……ホンマに良いんですか？」

「元々、当ても期限もない旅だからね。多少時間を割いても構やしないよ」

「ホ、ホンならお願いします。あ、自分アーロンです。アーロン＝ゼニス」

「アーロンね。アタシらのことは知ってるだろうから、他のを紹介するよ」

そう言って一人ずつ紹介をし始めた。

「これがアタシらの一人息子のスレインだ」

「スレインです。よろしく」

「こちらこそ」

自分より少し大人な感じのアーロンに対抗するように、少し気取って挨拶（あいさつ）し握手を交わした。

「で、こっちがその彼女のエカテリーナだ」

「もう！　師匠、恥ずかしいじゃないですかぁ！」

スレインの彼女として紹介されたエカテリーナは、口では文句を言っているけれど、とても嬉しそうだ。

「そ、そうでっか。そらよろしいでんな」

嬉しくてクネクネしているエカテリーナにはそれ以上触れず、簡単な言葉で場を乗り切った。

「で、こっから秘匿事項（ひとくじこう）だ。絶対に漏らすんじゃないよ」

「ひ、秘匿事項⁉」

突然物騒なことを言われたアーロンは、思わず身構えた。

「まず、こっちがアールスハイド王国騎士団所属のミッシェルだ」

「ミッシェルです、よろしく」

「え？　なんで騎士団の騎士さんがこんなとこにいてますの？」

当然といえば当然の質問。

その答えは、次の人物の紹介で判明した。

「こっちはディセウム。ディセウム＝フォン＝アールスハイド。アールスハイド王国の王太子だ」

「ディセウムです。できれば私のことはディスかディーと愛称で呼んでくれると助かるな」

「は、はひっ！」

とんでもないことをサラリと言われたアーロンは、超恐縮しながらもディセウムの手を取って握手をした。

「ということは、ミッシェルさんは殿下の護衛という訳ですか」

「ええ、そうです」

「でも、護衛が一人っちゅうのも、おかしな話ちゃいますか？」

「マーリン殿とメリダ殿がいるんですよ？　正直、私も護衛というより一緒に鍛えられてる感じですね」

「ほえー」

思わずといった感じでアーロンは声を漏らした。

そして、ふと何かを思いついたようで、ディセウムに提案してきた。

「ということは、皆さん御二人のお弟子さんということですか？」

「まあ、そうかな？」

「ホンなら、殿下のことは兄さんと呼ばせてもらいますわ。それやったら不自然やないですやろ？」

良いことを思いついたと、そう提案してきたアーロンに、ディセウムは頷いた。

「それで構わないが……なんだか、どんどん弟妹が増えてないかい？」

「そんだけディス兄ちゃんが兄ちゃんっぽいってことじゃない？」

「確かに、ディー兄さんってお兄さんっぽいですね」

「本当は弟も妹もいないんだけどねえ……」

ディセウムは、本気で不思議そうな顔をして悩み始めた。

「さて、ディセウムは放っておいてそろそろ行こうかね」

そんなディセウムを放置して、メリダはさっさと出発してしまった。

◆

「はあ……」

カーナン王国王都に無事到着したマーリンたちは宿にある食堂に集まって座っていた。

そこで、メリダが深い溜め息を吐き、その側でアーロンが俯いて座っている。

「そんな露骨に溜め息吐いてやるなよ」

「そうは言ってもねえ、これは予想以上だよ」

「……面目（めんぼく）ないです」

メリダが溜め息を吐いているのには訳がある。

先ほどアーロンが仕入れた商品を売りに行くというので、異空間収納に荷物を預かっているメリダたちも同行したのだ。

そして、そこで繰り広げられたのは、一方的に言い値で買い取られそうになるアーロンの姿だった。

仕入れ値を聞いてみると、買い値として提示された金額とほぼ同じくらいで、利益など雀の涙ほどしか出ていなかった。

あまりにも非道（ひど）いので途中からメリダが参戦し、ある程度の利益が出る買い値で買い取ってもらうことができた。

「アンタ、交渉とかしたことないのかい？」

「いやあ、そういうの苦手で……」

「そんな奴がなんで商人なんてやろうと思ったんだい……」

「す、すんません……」

「どうしたもんかねえ」

元は兵士で商売に慣れていないとはいえ、あまりにも非道い現状にメリダは思わず頭を抱えてしまった。

そんなメリダに、スレインが軽く言った。

「だったらさ、しばらく母ちゃんが面倒見てあげればいいじゃん」

「アンタ、そんな簡単に言うけどさ……」

「だって、アーロンさんって元は兵士だったんだろ？」

「え？　ああ、まあ、下っ端剣士でしたけど」

「だったら、ミッシェルさん以外にも前衛が増えるから、俺たちとしても有り難いじゃん」

「それはまあ……」

現状、剣を振るうことができるのはミッシェルのみ。

バランスとしては、決して良いとは言えないパーティー編成だ。

そこでアーロンに前衛として参加してもらおうとスレインは言うのだ。

「でさ、街についたら母ちゃんがアーロンさんに商売のこと教えてあげれば、持ちつ持たれつの関係になるんじゃない？」

「おお……ウィンウィンでんな」

「うぃんうぃん？」

「両方に利益が出るっちゅうことですわ」

「そうそう、そのうぃんうぃんの関係なら、お互い気にしなくてもいいんじゃない？」

スレインがそう提案すると、真っ先に飛びついたのはアーロンだ。

「ありがとう坊ちゃん！　もし良かったらそうさせてもらえませんやろか？」

「ぼ、坊ちゃん⁉」

「ぼっちゃん！」

今まで呼ばれたことのない名称に、スレインは驚き、エカテリーナは爆笑した。

「お願いします、導……いや、お師匠さん！　是非このアーロンを弟子にして下さい！」

食堂の椅子から立ち上がり、深々と頭を下げるアーロンを見たメリダは、そのまま視線をスレインに移して睨んだ。

「全く……次から次へと弟子を増やして！」

「いいじゃん。魔道具の弟子に魔法の弟子、それに商売の弟子が増えたって母ちゃんならやってけるだろ？」

「簡単に言ってくれるよ、まったく。ああ、もう。分かったから頭を上げな！」

「じゃ、じゃあ⁉」

「分かったよ、弟子にしてあげるよ」

「あ、ありが……」

「ただし！」

礼を言おうとしたアーロンの言葉を切ってメリダは続けた。

「さっきスレインが言ったみたいに、移動中は戦力として働いてもらうからね」

「そ、それはもう！」

「だったら、明日からビシビシ鍛えるからね。覚悟しな小僧！」

「は、はい！」

小僧と言われたアーロンは、嬉しそうな表情をしてまた頭を下げた。

そんなアーロンを見てエカテリーナがポソリと言った。

「小僧って言われて嬉しそうにするって……」

「何か言ったかい小娘」

「こ、こむすめ⁉」

「アーロンが小僧なんだ、アンタを小娘と言って何が悪い」

「いや！　ちょっ、やめてくださいよ！　なんかそれで定着しそう！」

「いいじゃないか。小僧に小娘、弟子にはピッタリだよ」

「はい！」

「いやあっ！」

そしてこの日以来、エカテリーナは小娘、アーロンは小僧と言われるようになった。

ちなみに……。

「おーい、誰か俺の弟子になる奴はいないか？」

「い、いや。私は魔法は使えませんので……」

マーリンの言葉に律儀に答えたアーロン以外は、全員そっと目を背けた。

「……へっ、別に悔しくねえや……」

そう強がるマーリンの目には薄っすら涙が浮かんでいた。

◆

カーナンを出立した一行は、隣の国クルトとの国境を越えて進んでいた。

ダームで魔物化した羊の羊毛を仕入れたアーロンだったが、それを売るのは宿場町ではなく、大きな街の方がいいというメリダの提案により、今は主にマーリンたちパーティーの前衛として働いていた。

「くわあ、キッツイですわあ」

クルト王都手前の宿場町にある宿の食堂で、アーロンが、グッタリと突っ伏していた。

「元兵士が情けないねえ」

「そんなこと言うたかてお師匠さん、自分入ったばっかりの下っ端やったんです。実戦もほとんど経験してませんし」

「……本当に、なんで行商人なんて目指したのかねえ」

商売も知らない、元兵士とはいえ魔物との戦闘経験もほとんどないアーロンがなぜ行商人などという厳しい職業を選んだのか不思議でしょうがないメリダは、呆れた顔でアーロンを見ていた。

するとと突っ伏していたアーロンが顔だけ上げた。

「いや、入った商会の人に、下っ端は行商から始めるもんやって言われて……」

「それでノコノコ行商に出たのかい」

「いやあ、あはは」

ますます呆れたという表情になるメリダに、突っ伏しながら愛想笑いをするアーロン。

すると今度は、最近めっきり影の薄くなっていたマーリンが口を挟んだ。

「そういやよ、クルトじゃあ何を仕入れるんだ？」

「いややなあオヤッさん、クルトいうたら小麦の一大産地でっせ？」

「オ、オヤッさん⁉」

クルトの名産が小麦であることは周知の事実だ。

そのことを知らないのかと答えたアーロンだったが、マーリンは別のことに食いついた。

「え？　お師匠さんの旦那さんやからオヤッさんって……あきまへんか？」

ひょっとして不興を買ってしまったかと、思わず起き上がり背筋を伸ばしマーリンの様子を見るアーロン。

そのマーリンは、プルプルと震えている。

「あ、あの……」

「いい……」

「は？」

「いいぜそれ！　なんか、俺にも弟子が出来たみたいでよ！」

「は、はあ……」

「お前らも、別の呼び方していいんだぜ⁉」

二十歳前後の青年から親父呼びされたことを怒っているのかと思いきや、喜んでいたマーリンは、エカテリーナとディセウムにも別の呼び方を推奨した。

「じゃあスレインのお父さんだから……パパ？」

彼氏のお父さんだからと、エカテリーナがそう提案してみるが、マーリンは微妙な顔をした。

「……確かに間違っちゃいないけど、なんか恥ずかしい」

「ええ？　それじゃあ、師匠の旦那さんだけど、弟子って訳でもないし……」

「ほら、なんかあんだろ？」

「んー……じゃあ、マーリン様の魔法は真似はできないけど参考にはさせてもらってるので『先生』はどうですか？」

「いいなそれ！　弟子感出てんじゃねえか！」

「弟子っていうか、見取り稽古っていう感じですけどね」

「それでいいさ。んで？　ディセウムは？」

エカテリーナに先生と呼ばれて上機嫌なマーリンは、続けてディセウムにも視線を向けた。

期待の籠もった目で見られているディセウムだが、ここは意思を曲げなかった。

「私は申し訳ありませんが、これまで通りマーリン殿と呼ばせて頂きます」

「なんだよ、メリダは師とか言ってるくせに」

「なんというか、言いやすいんですよね、メリダ師って」

「語呂かよ！」

マーリンの突っ込みに思わず笑いが起こる。

だが、話題の主(ぬし)であるメリダは乗ってこなかった。

「馬鹿なこと言ってないで、さっさと部屋に行くよ。明日にはクルトの王都に着くんだからね」

話を強引に打ち切り、部屋へ戻るように促すメリダ。

この中でメリダに逆らえる者などおらず、ゾロゾロと部屋へと戻っていく。

そして、各自が部屋へ入ろうとしたとき、アーロンが不思議そうに声を掛けた。

「カーナンでも思てましたんやけど、なんでお師匠さんとオヤッさんは同じ部屋やないんですか？」

「「は？」」

アーロンの突然の指摘に、マーリンとメリダは声を揃えて聞き返してしまった。

「いや、だって。御二人はご夫婦ですやろ？」

アーロンの疑問に、メリダは心底呆れて返事をした。

「馬鹿なこと言ってんじゃないよ。アタシらが同じ部屋になったらこの子たちはどうするんだい？」

そう言って、メリダと同じ部屋に泊まるエカテリーナと、マーリンと同じ部屋に泊まるスレインを見た。

「え？　でも、二人は恋人同士ですやろ？　せやったら同じ部屋でもエエんとちゃいますのん？」

「お！」

「同じ部屋⁉」

アーロンのあまりにも明け透けな言葉に、スレインとエカテリーナはその状況を想像してしまったのだろう。

揃って真っ赤になってしまった。

そして、メリダから返された言葉に、さらに赤くなることになる。

「何言ってんだい。こんな年頃の二人を一緒の部屋になんかしてごらん。猿になるよ、猿に」

「か、母ちゃん‼」

「やめてください師匠！」

以前にもスレインとエカテリーナの同室は認められないと言っていたメリダだったが、その本音は非道いものだった。

そのメリダの本音に、スレインは思わず叫んでしまい、エカテリーナは恥ずかしくて顔を覆ってしまった。

　そんなスレインとエカテリーナを見たアーロンは、さらに止めを刺した。

「ああ。二人はまだなんですね」

「アーロンさん‼」

「もうやだあ‼」

　エカテリーナは顔を覆ったまま部屋へと駆け込んでしまった。

　その様子を後ろから見送ったあと、メリダはアーロンに向き直った。

「まあ、そういう訳さ。だから今は別々の部屋にしてるんさね」

「うわあ。自分、余計なこと言いましたか？」

「変に意識はしたかねえ？」

　メリダはニヤニヤしながらスレインを見る。

「う、うるせえな！」

　するとスレインも捨て台詞を吐いて、エカテリーナが入った部屋とは違う部屋に入ってしまった。

　初心な反応を見せる息子をクスクス笑いながら見ていたメリダは、改めてアーロンに言った。

「エカテリーナがアタシらに同行するときに言ったんだよ。子供は勘弁だから一緒の部屋にはさせないってね」

「ああ、そういう理由ですか」

「なんだい。他に何の理由があるんだい？」

「いや、カーチェを坊っちゃんのお相手として認めてないのかと思ってました」

そう言われたメリダは、思わず苦笑した。

「そんな気持ち悪い真似しないさね。あの子らはまだ成人したばっかり、色んな相手と付き合っても別に構いやしないよ。一緒の部屋にしないのは子供が出来ると旅がし辛いからだよ」

そう言うメリダだが、そこでマーリンはあることに気が付いた。

「あれ？　確か避妊具（ひにんぐ）って売ってたよな？　あの薄い膜のヤツ」

「……」

余計なことを言ったマーリンを睨むメリダ。

確かに、避妊具があれば完璧とはいかないが避妊することはできる。

ならばなぜ同室にしないのか。

しばらく黙ったメリダは、ポツリと呟いた。

「どうせ朝までヤッてるだろう？　起きられなくなると困るんだよ」

それが一番の原因かと、皆は苦笑するが、一人だけ爆笑している者がいた。

「ウハハ！　そりゃ違えねえ！　俺もあの頃は……」

「マーリン‼」

「ゴフッ‼」

爆笑し、思わずスレインと同じ歳の頃の思い出を語ろうとしたマーリン。

つまりそれは、メリダとの思い出を語るということだ。

そんな恥ずかしい過去を暴露されてたまるかと、メリダは容赦ないボディブローをマーリンに叩き込んだ。

「ったく、変なこと口走ろうとするんじゃないよ！」

「お……ぐぉ……」

「さっさと部屋に入って休みな！」

メリダはそう言うと、先ほどスレインが入った部屋に、マーリンを叩き込んだ。

「さて、アンタらも分かってるね？」

マーリンを部屋に叩き込んだ後、少しだけ後ろを振り返ってそういうメリダに、ディセウム、ミッシェル、アーロンの三人は残像が残る勢いで首を縦に振った。

「よろしい。じゃあ、早く寝なよ」

そう言って、メリダはエカテリーナと同じ部屋に入っていった。

メリダが部屋に入るのを確認した三人は、揃って息を吐いた。

そして、アーロンが戦々恐々としながら呟いた。

「……お師匠さんって、魔道具士ですよね？」

「そのはずだが……」

「凄まじいボディブローでしたなあ」

英雄として崇められているマーリンを一撃で仕留めるボディブローを放ったメリダに、三人とも戦慄するのだった。

◆

「と、父ちゃん、大丈夫か？」

「おふ……メリダのやつ、思いっきり捻り込みやがって……」

「ああ、母ちゃんの必殺ブローかあ」

腹を押さえながら部屋に入ってきたマーリンを見て、スレインは心配そうな声を掛けるが、原因がメリダのボディブローだと分かると、すぐに心配するのを止めた。

「ったく。ちょっとメリダとの昔の話をしようとしただけだってのに」

「やめてくれ父ちゃん。親のそういう話は、この世で一番聞きたくない話だ」

「そうか？」

ボディブローを食らった原因を話そうとしたマーリンを、スレインは必死で止めた。

そんなスレインを見たマーリンは、ベッドに腰かけながらスレインに聞いてみた。

「お前、エカテリーナとヤリたいか？」

「ごふっ！」

急にど真ん中の剛速球を投げられたスレインは、思わず咽てしまった。

「ごほっ！　げほっ！　い、いきなり何言ってんだよ父ちゃん！」

「いや、俺がお前くらいの頃って、事あるごとに盛ってたなあって思ってな」

「だからそういう話すんなって言ってんだろ！　想像したら気持ち悪くなるから！」

「で？　どうなんだよ？」

スレインの話を全く聞いていないのか、マーリンは話を続けた。

そんな話をしてくるマーリンをスレインはちょっとジト目で見るが、意外と真面目そうな雰囲気だったので一応真面目に答えることにした。

「そりゃあ……せっかく恋人同士になったんだし、シタいとは思ってるけど……」

「ふーん」

スレインの答えに、マーリンは少し考えたあとこう告げた。

「そんなお前に、父ちゃんがいいものをやろう」

「いいもの？」

「それは……これだ」

「こ、これは⁉」

父マーリンの差し出したそれを、スレインを生唾を呑んで見つめていた。

そして、それを譲り受けた後から、色んな妄想が止まらなくなり、中々寝付けなくなってしまった。


同時刻。

部屋に戻ったメリダは、エカテリーナが布団を頭から被って丸くなっているのを見つけた。

「何してるんだい、アンタは」

「し、ししょう……」

あまりにも恥ずかしすぎたのだろう。

涙目になったエカテリーナが、布団から顔を出した。

そんなエカテリーナを見たメリダは、苦笑しながら同じベッドに腰を下ろした。

「まったく、何にも知らない訳じゃないんだろう？」

「そ、それはそうですけど、学院の授業とかお話でしか知識ありませんからぁ」

全く興味がない訳ではないんだなと、メリダは内心でホッとした。

のかい？」

「で？　一応確認しとくけど、アンタはスレインとそういう関係になりたいと思ってる

そのあまりにもストレートな物言いに、エカテリーナは思わず息を呑んだ。

だけど、ここは否定しちゃ駄目だと感じたエカテリーナは素直に答えた。

「……はい」

「健全なことで結構じゃないか」

「そ、そうなんですか？　最近そんなことばっかり考えちゃって、神子なのにふしだら

なんじゃないかって思って……」

そのエカテリーナの答えに、メリダは苦笑した。

「何もおかしいことなんてありゃしないさ。それに、創神教は子孫繁栄を推奨してるし、

総本山派は神子にその模範となるように指導してるだろ？」

「よくご存じで……」

「大体、アンタくらいの年頃で彼氏がいたなら、そういうこと考えるのは何も不自然な

ことじゃないさ」

「……師匠もそうだったんですか？」

そう言われたメリダは目を見開いた後、エカテリーナに顔を近付けて言った。

「皆には内緒だよ？」

そう言って、マーリンとの若かりし日の赤裸々(せきらら)な思い出話を聞かせた。

最初はキャーキャー言っていたエカテリーナだったが、次第に顔が赤くなり、ついにはまた布団に逆戻りしてしまった。

その様子を見たメリダは、笑いながら告げた。

「さて、この話はこれでお終(しま)いだ。くれぐれも内緒だからね？」

「過激すぎて話せません……」

「じゃあ、早くお休み。明日も早いよ」

メリダはそう言うと、さっさとベッドに入り、しばらくすると寝息が聞こえ始めた。

エカテリーナは、身近にいる人の赤裸々な話を聞いて、悶々(もんもん)として眠れなくなってしまった。

◆

そして翌日。

別々の部屋に泊まったのに、眠そうなスレインとエカテリーナを見て、アーロンは首を傾げるのだった。

「うわあ、凄いですね！」

エカテリーナが感激しているのは、クルト国内に広がっている麦畑を見たからだ。

知識としては麦の大産地ということは知っているが、実際に目にするとその光景に圧倒された。

「これでもまだ土地は使い切れてないそうですわ」

「そうなんですか？」

「人手が足らんそうです。もっと人がおったら生産量は増やせるとか言ってましたな」

「へえ」

感激するエカテリーナに、アーロンが豆知識を教える。

その知識を素直に受け止めたエカテリーナだったが、メリダは別の感想を持った。

「なるほど……もっと効率よく作業ができればいいのか……」

アーロンの言葉の後に、何やら考え事をしだしたメリダ。

その真剣な様子を見て、アーロンは不思議に思って聞いてみた。

「お師匠さん？　今の話のどこに食い付かはったんですか？」

そんなことを言うアーロンに、メリダは驚いて目を見開いた。

「アーロン。アンタ、それ本気で言ってるのかい？」

「え？」

「こんな商売のチャンス、滅多にありゃしないよ」

「商売のチャンス……ですか？」

「そうさ。アンタが今一緒にいるのは誰だと思ってる？」

「そりゃ、お師匠さんでしょ？」

ここまで言っても分からないのかと、メリダは呆れてしまった。

「アンタ、今人手があればすぐにでも生産量は増やせるって言ったね」

「言いましたね」

「だけど、人手なんてすぐには増やせない。なら、もう一つ取れる手があるだろ？」

「もう一つ？」

やはりピンときていないアーロンに、メリダは業を煮やして教えてやった。

「道具だよ！　開墾とか収穫とか、もっと楽に効率よく作業できればもっと生産量が増やせるだろ！」

「あっ！」

それでようやくアーロンは気が付いた。

クルトは人手不足で生産量が上げられない。

ならば道具を工夫すればその問題は解決できるかもしれない。

そして、今一緒にいるのは魔道具界の第一人者、メリダだ。

もしここでその魔道具を売り出せば、大儲け間違いなしだ。

「す、凄いですやんかお師匠さん！　ほなら早速売りに行きましょ！」

「何を？」

「え？」

「だから何を？　アタシはまだ何も作っちゃいないよ？」

「あ、あはは、そらそうですよね」

あまりに壮大な話に、思わず先走りしそうなアーロンを、メリダが留まらせる。

だが、せっかく思いついたアイデアだし、クルトだけでなく世界中の農家の役に立つかもしれないと、メリダは久々に制作意欲に溢れていた。

「よし決めた。しばらくクルトに留まるよ」

「それはいいけどよ。俺らはどうすりゃいいんだ？」

「適当に周辺で魔物でも狩ってなよ。アンタが付いてれば問題ないだろ？　スレインに今回のコレはまだ早いから、魔法の練習をしておいで」

メリダはマーリンにそう言うと、アーロンにあれこれと指示を出し始めた。

そんな生き生きとしたメリダを見ながら、マーリンは少し微笑んだ。

「さて、アイツがああなったら、事が終わるまでテコでも動かないからな。俺らは適当に観光したり魔物狩りしたりして遊んでるか」

「「はーい」」

マーリンのその言葉に、スレインとエカテリーナは素直に返事をし、ディセウムは苦笑した。

「魔物狩りが遊び……か」

「まあ、マーリン殿ならそうでしょうな」

苦笑しつつも、しばらくメリダの扱きはなしになりそうなので、ディセウムとミッシェルも皆と一緒に束の間の休みを満喫することにした。

「じゃあアーロン、早速道具の開発を請け負ってくれる工房を手分けして探すよ！」

「は、はい！」

メリダに付き合わされるアーロンを除いて。

◆

クルトに着いて数日が経過した頃、クルトの王都はお祭り騒ぎになっていた。

というのも、クルトにアールスハイドの英雄メリダが来たこともそうだが、そのメリダがクルトのために魔道具の開発をしたいと言ったことが発端だった。

その魔道具の話を持ち掛けられた工房だけでなく、周囲の工房も巻き込んで開発が進められるようになった。

一つの工房が新しいアイデアを出せば、別の工房が違ったアイデアを出す。

最終的に魔法を付与するのはメリダになるため、職人たちと共に日々開発会議に参加したり、値段交渉をしたりと、夜遅くまで忙しく動き回っていた。

そして、そのメリダにアーロンも付き合わされ、毎日宿に戻ると、死んだように眠る日々を続けていた。

メリダとアーロンが忙しい日々を送っている中、他の面々はというと……。

「あ、カーチェ、これ美味(うま)い」

「どれどれ？　あ、ホントだ！」

特にスレインとエカテリーナの二人は、暇さえあれば二人でクルトの街をデートするようになっていた。

時折マーリンに連れられて魔物狩りに出ることはあっても、旅の道中での狩りではなく、街から魔物を狩りに出て、街に帰ってくるという狩りなのでさして疲労も溜まらず、狩りから帰ってくると、稼いだお金で街をフラフラするのが日常になっていた。

「師匠たち大変そうなのに、私たちだけ遊んでていいのかしら？」

「とは言っても、俺らじゃ何の役にも立たないしな。いいんじゃない？　母ちゃんも好きでやってるみたいだし」

「ふふ、そうだね。師匠の行動理念が『人の役に立つものを作りたい』だもんね」

「ホント、そういうことするから俺たちは逆らえないんだよな」

「言うだけのことはしてるもんね」

最近、妙に活気づいている街の様子を見ながらそんなことを話す二人。

その騒動の中心にいるのが自分の母親であり師匠であることが少し誇らしかった。

そんな思いで街の様子を見ていると、妙に盛り上がっている集団を見つけた。

「なんだ？　酔っ払いか？」

騒いでいる集団を見ると、すでに夕方ということもあり酒を呑んでいる様子だった。

そして、その集団をよく見てみると、その中に見知った顔があることに気が付いた。

「おお？　スレインじゃねえか！」

「何やってんだよ、父ちゃん……」

マーリンが沢山のハンターと思われる男たちと仲良さげに盛り上がっていた。

「おお！　賢者様の息子さんですか！」

「賢者様と導師様のお子様！　いやあ、将来有望そうなお顔をしてらっしゃる！」

「おや、こちらの可愛らしい子は？」

「ああ、そっちは息子の彼女だからな。手ぇ出すんじゃねえぞ」

「なんと！　親子揃って美人を捕まえるとは！　いやはや羨ましいですなあ！」

英雄であるマーリンと酒が呑めることに酔っているのか、ウハハハハ！　と全員が上機嫌で酔っ払っていた。

「なにやってんだよ父ちゃん。そんなに酔っ払ってたら母ちゃんに殺されんぞ？」

「なぁに、今日は大丈夫なんだよ。メリダのやつ、例の道具がもう少しで完成しそうだって今日は工房に泊まり込むってさっき言ってたからよ」

「……明日、二日酔いになってたらやっぱり怒られんぞ？」

「だぁいじょーぶだってえっ！」

そう言って再びハンターの下へと戻っていくマーリンを見ながら、スレインは溜め息を吐いた。

「ったく、やっぱりハンターだけあって、ああいう連中と呑む方が性に合ってんのかな？」

「あ、あはは、先生楽しそうだったね」

割と厳つい感じの男たちが集まっていたので、若干引いていたエカテリーナだったが、楽しそうなマーリンの様子に、つい笑ってしまった。

「でも母ちゃん、やっぱり忙しそうだな」

「ねー」

「あ、いたいた、スレイン」

今日は泊まり込みになるというメリダの話をしていると、スレインを呼ぶ声がした。

「あれ？　ディス兄ちゃん？」

「ミッシェルさんも、どうしたんですか？」

呼び止めたのは、ディセウムとミッシェルだった。

「いや、メリダ師をクルトに連れてきてくれた功績を称えたいと言って、クルト王から晩餐に呼ばれてしまってね」

「うわ、すげ。ディス兄ちゃんが王子様だってのを初めて実感したわ、俺」

「晩餐会！　なんて素敵な響きなのかしら！」

ディセウムが大国の王子であることを、あまり気にしていなかったスレインは驚き、エカテリーナは晩餐会という言葉に妄想が膨らんでいた。

「スレインは非道いな。それとカーチェ、夜会みたいなのを想像してるみたいだけど、今日のはただ王家の皆さまと晩御飯を食べるだけだよ」

「ええ？　つまんない！」

「はは、確かにつまらないんだけどね。ただ外交上、招待は受けた方がいいんでね。ちょっと今晩行ってくる。多分そのまま王城に泊まらされると思うから、マーリン殿とメリダ師には言っておいてくれるかい？」

「え？」

「じゃあ、また明日」

「ちょ、ちょっ！　ディス兄ちゃん！」

ディセウムから聞いた内容に驚いたスレインはディセウムを引き留めようとするが、急いでいたのかそのまま立ち去ってしまった。

いたたまれないのは、後に残された二人である。

「ディス兄ちゃんとミッシェルさんもいないって……」

「そ、そうね……」

メリダは工房に泊まり込みだし、マーリンはあの様子だと深夜まで帰ってこない。

もしかしたら朝帰りするかもしれない。

そうなると、今晩はスレインとエカテリーナの二人きりになるということになる。

そのことを意識してしまった二人は、急に無言になった。

この旅で出会い、付き合うようになったが、今まで二人きりになるチャンスは中々なかった。

あったとしても、ほんの少しだけ。

今回のように一晩中というのは初めてのこと。

そのことを強く意識してしまったのだ。

「と、とりあえず宿に戻ろっか！」

「そ、そうだね！　食堂の人に言わないといけないしね！」

「ああ、晩御飯は俺たち……だけで……いいって」

「あう……」

なんとかこの雰囲気を誤魔化そうとして、さらに意識する結果になった二人は、いつも組んでいる腕は組まず、つかず離れずの微妙な距離で宿まで歩いて行った。


そして、この旅で初めてとなる二人きりの晩御飯である。

とはいっても宿の食堂なので、騒がしく良い雰囲気にはなりにくい。

急にこういうシチュエーションになってしまって、慣れない二人は嬉しさよりも戸惑いの方が大きいので、この喧噪が逆に有り難かった。

食事を終えた二人は、宿のテラスに出て外の風に当たっていた。

「ディー兄さんは今頃お城で晩餐会かあ」

「いや、王様と個人的に晩御飯食べるって言ってたからな。俺だったら行きたくないわ」

「むぅ、夢を壊さないでほしいなあ」

「あはは」

しばらくそうして話し込んでいた二人だったが、エカテリーナがふと物憂げな顔をして呟いた。

「それにしても、皆凄いなあ」

「凄いって?」

「師匠はこの国のために働いてるし、アーロンさんはそのお手伝い。ディー兄さんとミッシェルもお城で王様と会ってるんだよ？　私、何してるんだろうって思って……」

周りにいる人たちが凄過ぎて、エカテリーナは自分が何もしていない気分になったのだろう。

普段見せない弱気な顔を見せた。

そんなエカテリーナを見たスレインは、弱気な彼女の肩をグッと抱き寄せた。

「カーチェだって凄いじゃん」

「え？」

「最近じゃあ攻撃魔法だって使いこなせるようになってきてるし、治癒魔法は前よりもっとレベルアップしてるよ」

「……そうかな？」

「そうだよ。誰かが怪我をしたとき、一番頼りになるのがカーチェなんだ。それは母ちゃんだって認めてるよ」

「師匠が……だったら嬉しいな」

スレインの慰め(なぐさ)で、ようやく笑顔を見せたエカテリーナ。

「俺も認めてるよ」

「あはは、ありがと、スレイン」

そう言った後、スレインの方を見るエカテリーナ。

そこで視線が合った二人は、しばらく見つめ合った後、自然と顔を近付けていった。

「ん……」

重ね合わせた唇が離れると、二人はもう一度見つめ合った。

そして、スレインがあるお願いをした。

「なあ……」

「ん？」

「この後……部屋に行っていいか？」

「え？　え！」

キスを交わした後にこの台詞。

そのお願いに、エカテリーナは首まで赤くなってワタワタした。

「あ、でも、師匠が……あれ……だめだって……」

「……父ちゃんにいいもの貰った」

エカテリーナが駄目だと言っている理由は分かるので、それを解決する手段を見せた。

「こ、これって……」

避妊具の実物を初めて見たエカテリーナは、真っ赤になって絶句してしまった。

「……いいか？」

改めてそう聞かれ、断る理由がなくなったエカテリーナは……。

「……うん」

そう言って頷いた。

その言葉を聞いたスレインは、エカテリーナの肩を抱いたままテラスを後にし、エカテリーナとメリダの泊まる部屋に入っていった。

そして……。


二人は、翌朝まで出てこなかった。

◆

「うぅあぁ……頭が痛え……」

「どれだけ呑んだんだいアンタは！」

むさ苦しいハンターの男たちとの呑み会が予想以上に盛り上がってしまい、結局朝まで呑んでいたマーリンは、工房から帰ってくる途中のメリダと運悪く鉢合わせしてしまった。

自分が徹夜で魔道具の開発をし、フラフラになって帰ってくる途中で、酒に酔ってフラフラしているマーリンを見かけたときのメリダの怒りようは、アーロンを恐怖させるのに十分だった。

「ホンマもんの英雄やわ、オヤッさん……」

最近、影が薄くなっている印象があるマーリンだったが、アーロンからすれば怒れるメリダを前にしても恐れることなく、堂々と酔っ払えるマーリンは英雄にしか見えなかった。

「アンタも変なところに感動してんじゃないよ、まったく！」

変な感動をしているアーロンに呆れつつ、メリダたちは宿へと向かって行く。

そして宿に入ったとき、メリダの目には驚きの光景が飛び込んできた。

「あの子たち……」

それは、宿のロビーに置いてあるソファに並んで……いや、エカテリーナの肩をガッチリと摑んで引き寄せているスレインと、そのスレインの胸元に頬を寄せて幸せそうにしているエカテリーナの姿だった。

二人は何かしら楽しそうに囁き合った後、何気なくキスを交わし、また寄り添うということを繰り返しており、周りから鬱陶しそうな目で見られていた。

「てて……あん？　なんだありゃ？」

と問いただした。
昨日までの様子からは信じられない光景に、マーリンはディセウムにどういうことか
「ディセウムか。ありゃ一体なんなんだ？」
「あ、マーリン殿、メリダ師」

「分かりません。私たちも今王城から帰ってきたところですから」

だが、ディセウムから返ってきたのは意外な言葉だった。


「王城から？」

その言葉に反応したのはメリダである。

「あれ？　スレインから聞いてませんか？」

「いや、昨日はアタシも工房に泊まったから……」

「自分も一緒でした」

「俺はさっきまで呑んでた」

「ということは……」

そこで五人は顔を見合わせ、もう一度スレインとエカテリーナを見た。

そこには、過去自分たちも経験した光景が繰り広げられていた。

「初めての時って、相手のことしか見えなくなるんですよね」

「お、ディセウムもそういう経験ありか」

「ということはオヤッさんも？」

「いやはや、懐かしいですな」

ディセウムが自分の体験談を話せば、マーリンがそれに追従し、アーロンが同意を求め、ミッシェルが過去を懐かしんだ。

つまり、皆自分の初体験のことを思い出したのだ。

メリダも身に覚えはあるが、唯一の女性なので、その話題に乗るのは止めておいた。

「あの子たちはしばらくそっとしておいてやりな。アタシは部屋に行って休むよ」

「あー、俺も寝るわ」

そう言って部屋に向かう二人だったが、なぜかメリダはマーリンの部屋の扉を開けた。

「あん？　お前の部屋アッチだろ？」

その行動を不審に思ったマーリンが訊ねるが、メリダは苦笑して答えた。

「多分あの子たちはあっちの部屋に泊まったんだと思うよ。そんな部屋で寝たいと思うかい？」

その言葉の意味が分かったマーリンは、ニヤッと笑った。

「そっか、そうだよな。あの二人の甘酸っぱい匂いが充満してるかもしれねえな」

「下品なこと言ってんじゃないよ、まったく」

スレインとエカテリーナの間に起こったことを想像したマーリンをメリダが窘める。

だが、若い二人にあてられたのか、マーリンは止まらなかった。

「なんなら、俺らも久し振りに……」

「フンッ！」

「ゴフッ！」

何やら言いかけたマーリンに、メリダのボディブローが再び炸裂した。

そして、崩れ落ちるマーリンを部屋へと引きずり込むメリダ。

その光景を見たディセウムたちは、再び震え上がり、改めてメリダには逆らわないようにしようと心に決めた。

そして、スレインとエカテリーナの二人だが……。

「カーチェ……」

「スレイン……」

一日中ロビーのソファでイチャイチャしていた。

◆

スレインとエカテリーナが深い仲になり、それ以降人目も憚らずイチャイチャするようになったりしたが、マーリンたちの行動自体に大きな変化はなかった。

今まで通り魔物を狩りに行き、スレインたちの修行をする。

街に帰ってきたら、街をフラフラしたり呑みに行ったりと今まで通りの生活をしていたある日、クルト政府からある発表があった。

それは、かの魔人討伐の英雄であり、市民を助ける魔道具の開発者メリダ＝ウォルフォードがクルトの民のための魔道具を作ったというものだった。

それは、農地を耕すことが非常に楽になる魔道具と、収穫が楽になる魔道具だった。

長年、人手不足から指を咥えて見ているだけしかできなかった肥沃な大地を農地として開墾できるとあって、クルト王国はお祭り騒ぎになった。

一応この魔道具の開発者はメリダであり、そのメリダの魔道具の販売権を持っているのがハーグ商会であったため、販売はハーグ商会クルト支部が行うことになった。

これは多少揉めたが、メリダの魔道具はハーグ商会が一任されていることや、メリダ自身が色々と面倒を嫌ったためそのような措置となった。

それによって不利益を被るものは魔道具販売の商会くらいのものなので、国民は特に気にもしなかった。

国民の中にはこのままマーリンやメリダたちにクルトに留まるように懇願するものさえ現れた。

今回のこの騒動を、ディセウムは気が気でない思いで見ていたのだが、宿泊している宿でマーリンはあっさりとこう言った。

「さて、そんじゃあここでの用事も済んだし、そろそろ出発するか」

「え？」

クルトでの歓迎振りから、ひょっとしたらここに留まると言い出すかもしれないと内心思っていたディセウムは、思わず聞き返した。

「なんだよディセウム。もうクルトに用はねえだろ？」

「そ、そうですよね！　それじゃあ早速出発しましょう！」

「お、おい！　急ぎすぎだろ！」

自分の心配が杞憂に終わったディセウムは、思わず部屋へと走って行った。

そんなディセウムを微笑ましいものを見る目で見ていたメリダは、いつまでたっても動きそうにない二人に声を掛けた。

「ほれ、アンタたちも。いつまでもイチャイチャしてないで、早く用意しな」

「あ、うん」

「この宿ともお別れかぁ」

いつまでもイチャイチャしていたスレインとエカテリーナは宿を感慨深く見て言った。

あまりにも思い出深い場所となったこの宿を離れることを、二人は惜しんでいた。

「これからまだあちこち巡る予定なんだ。また寄ればいいさね」

名残惜しそうな二人にメリダはそう声を掛ける。

そして、あることを思いついたメリダは二人に近づいていき、小声で聞いた。

「アンタたち、これから同室にするかい？」

「「ええっ⁉」」

それはあまりにも衝撃的な提案だった。

「い、いいの⁉」

これからのことを想像したスレインは、思わず前のめりになる。

「ただし」

そんなスレインをメリダは手で押しとどめた。

その手にはアレを持っている。

「一日に二個まで。言いつけを破ったら即解消だ。それでもいいならね」

「いい！　それでいいから！」

そんな提案をするメリダに、即答するスレイン。

親子で信じられない会話に、エカテリーナはプルプルと震えながら……。

「馬鹿あっっ‼」

真っ赤になって叫んだあと、しゃがみ込んでしばらく動かなくなってしまった。

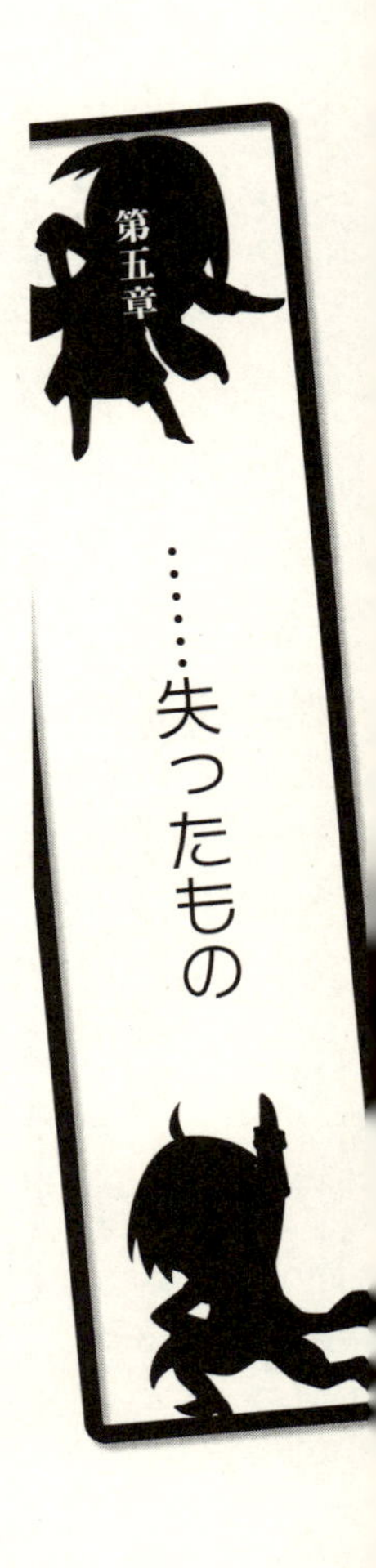

第五章　……失ったもの

アーロンがマーリンたちのパーティーに参加した後は、特に新たな同行者も現れず一行は順調に旅を続け数年が経過していた。

スレインはメリダの指導のもと、魔道具士としての実力を身につけていき、既にメリダに匹敵するくらいの腕になってきていた。

エカテリーナは、魔物討伐のために練習した魔力操作の恩恵で、治癒魔法士としては歴代最高と呼ばれる程の実力を身につけていた。

アーロンは、どちらかといえば商人としてというより、剣士としての実力の方が上がっており、ようやく一人でも旅を続けることができるくらいになっていた。

商売の方も、メリダのスパルタ教育の甲斐もあってか、なんとか交渉などを一人で行えるようになっていた。

そしてディセウムは、あまりに長くなった旅で、婚約者の機嫌を損ねていないかと心配になり、頻繁に手紙のやり取りをするようになっていた。

そんなマーリンたち一行の次の目的地は決まっていた。

それは、イース神聖国である。

というのも、スレインとエカテリーナはその後も順調に愛を育んでいき、スレインが魔道具士として独り立ちできる実力を身につけたことから、二人は結婚しようということになったのだ。

だが、スレインの両親であるマーリンとメリダはそのことを知っているが、エカテリーナの両親は、手紙で報告をしただけ。

そこで、エカテリーナの両親に直接挨拶(あいさつ)するために、イースを目指していたのだ。

「はあ……緊張するなあ……」

「もう、こんな早くから緊張してたら身が持たないよ？」

「そうは言っても……うう、胃が痛い」

「大丈夫？　治癒してあげようか？」

「相変わらずイチャイチャしてるねえ」

まだイースに入ったばかりだというのに、緊張で顔色が悪いスレインと、それを甲斐甲斐しく世話するエカテリーナの二人を見て、微笑(ほほえ)むメリダ。

二人が付き合い初めて数年経(た)つが、二人の関係はラブラブそのもの。

いつまで経っても付き合い始めたときのままなのだ。

そんな二人だからこそ、結婚したいと報告してきたときには素直に祝福した。

その祝福に素直に涙するエカテリーナだったが、スレインはてっきり意地悪されると思っており、気は確かかと呟いてしまい折檻されてしまったが。

そういう訳で、今のマーリンたちパーティーは、二人への祝福で満ちていた。

「まあとにかく、スレインにはこの局面を乗り越えてもらわないとねえ」

メリダはそう言うと、二人を見てニヤッと笑った。

「そろそろ孫の顔が見たくなってきたからね」

スレインとエカテリーナが付き合い始めて、初めてメリダが言った。

孫の顔が見たい、と。

その言葉を聞いたスレインとエカテリーナは、思わず目を見開いた。

「ま、孫ってことは……いよいよ解禁か⁉」

「スレインの馬鹿あっ！」

スレインとエカテリーナは、宿場町や街の宿に泊まる際は同室となっている。

恋人同士で同室に泊まるということは、当然そういう行為も行われるのだが、メリダから旅の妨げになるので、避妊することを厳命されていた。

だが、今回メリダから孫の顔が見たいと言われた。

それは即ち、避妊をしなくていいということだ。

その許しが出たと喜んだスレインだが、エカテリーナに思い切り怒られてしまった。

「全くアンタは……そういうデリカシーのないとこ、マーリンにそっくりだよ」

「ああ、ごめんカーチェ。つい嬉しくて」

「だから、そういうこと言うな！」

口では怒りながら、スレインの胸をポカポカ殴る行為は、傍から見るとじゃれ合っているようにしか見えない。

そんな二人は放っておいて、他の面々は話を続ける。

「おい、俺はもうちょっと気配りできるぞ」

「何言ってんだい。アンタの方が非道いじゃないか」

「そうか？」

「そうさ」

つい数年前なら、ここから壮大な夫婦喧嘩に発展していったのだが、歳を重ねて丸くなったのか、マーリンが引くことが多くなった。

そんな仲の良い夫婦と恋人同士のやり取りを見せられた他の三人は、旅の道中女っ気はまったくなく、寂しい思いで二組のやり取りを見ていた。

「はあ、私もジュリアに会いたい……」

「私も嫁に会いたいです」

「あれ？　この中で相手おらんの自分だけですか？」

ディセウムの婚約者ジュリアは伯爵令嬢（はくしゃくれいじょう）であり、当然今回の旅には同行していない。

一応何度かアールスハイドの王都には寄ったので、その都度ジュリアと会い今の自分の役目について説明をし了解は得ているが、ずっと会っていないと不安になる。

そして、ミッシェルは意外にも結婚していた。

アーロンは、行商の旅に出た際、特に彼女もいなかったため故郷に戻っても独り身である。

そんなアーロンだが、ハーグ商会の支部がエルスになかったことから、クルトで開発された魔道具のエルスでの販売権をアーロンの所属する商会で扱うことが決まり、その功績から幹部への昇進が用意されていた。

だが、もうしばらくメリダの下で修行したいということで、いまだにマーリンたちに同行しているのだ。

「それにしても、これでお二人が結婚しはったら、旅も終わりですかねえ」

そうアーロンが感慨深げに呟いた。

二人が結婚し子供を産み育てるとなれば、どこかに腰を据（す）えることが望ましく、それは恐らく、魔人討伐の際にマーリンたちに下賜（かし）された家のある、アールスハイドになる。

つまり、もうこれ以上旅を続ける理由がなくなるのだ。

元々はアールスハイドで過剰に祭り上げられることに嫌気がさして旅に出たマーリンとメリダだったが、しばらく表舞台に出なかったことで騒ぎも沈静化してきた。

人気がなくなった訳ではなく、しばらく露出がなかったことから半ば神聖化され始めており、誰もが尊敬しているが過剰に騒ぐことはなくなったのだ。

このイースへの旅路が最後の旅になるだろう。

そう思い、アーロンは感傷的になったのだ。

「なあ、ゴメンって」

「うう……ギュッてしてくれたら許す」

「お前も、昔は可愛げがあったのになあ」

「恥ずかしいこと言ってんじゃないよ、まったく」

相変わらずイチャイチャしている二組には、そういった感傷は無関係そうだった。

◆

イースに入ってからいくつ目かの宿場町に到着した一行は、町の様子がおかしいことに気が付いた。

「なんか、町全体がざわついてんな」

「そうだね、何かあったのかねえ」

町の雰囲気(ふんいき)がおかしいことにいち早く気が付いたマーリンとメリダは、宿泊先の従業員に理由を聞いてみた。

「この辺りに竜の保護区があるのは知ってますか？」

「竜の保護区？」

「ああ、あれはこの辺だったのかい」

初耳だというマーリンに対し、その存在を知っていたメリダは、詳しい場所まで知らなかった様子で、従業員の言葉に驚いていた。

「ええ。その竜の保護区にいる竜の様子がおかしいってんで、ハンターとか軍人とかがピリピリしてるんですよ」

「それで町全体が殺気立ってんのかい」

町の雰囲気がおかしかった理由が分かったメリダは続けて質問をした。

「ところで、竜の様子がおかしいってどういうことだい？」

そのメリダの質問に、真剣な顔になった従業員は顔を近付けてきて小声で言った。

「なんでも……竜が魔物化したらしいです」

竜。

◆

肉食竜と草食竜の二種類がおり、総じて巨体で草食竜の方が大きい。

だが、脅威度としては肉食竜の方が圧倒的に高く災害級の魔物に匹敵する。

そんな竜だが、今や絶滅の危機に瀕している。

はるか昔、まだ人間が文明など持っていなかった時代には、最大の脅威として存在していたが、人類が魔法を覚えてからは、その立場が逆転した。

竜の皮は、非常に硬く、だが柔軟性もあり最高級の素材として乱獲されたのだ。

その結果、竜はその数を減らし、このままでは絶滅すると思われたため、イース神聖国はこれを保護することを決断。

国内に分厚い壁に覆われた竜の保護区を設置し、ハンターなどから竜を保護するようになった。

その保護区がこの近くにあるというのだが、従業員が話したように、町はある噂で持ち切りになっている。

それは、未だかつて魔物化した報告がない竜が魔物化したかもしれないという噂だっめた。

「史上初めての魔物化した竜……か」

「嫌なことを思い出しちまうねえ」

史上初めてというフレーズに、過去苦い思いをしたマーリンとメリダは思わず顔を顰める。

過去にカイルが魔人化した際も、そのフレーズはよく使われたからだ。

「それにしても……まさか竜たちがそんなことになるなんて……」

そう言ったのはエカテリーナだ。

というのも、エカテリーナの父は枢機卿を拝命しているが、イースにおける枢機卿とは教会の役職でもあるが、同時に各領の領主であることも指す。

今マーリンたちがいる場所こそ、エカテリーナの父が治めるプロイセン領だった。

そこの娘であるエカテリーナは、竜の保護区があることは知っていたが、過去に一度も例がなかったため、竜が魔物化するなど考えたこともなかった。

「どうしようスレイン。ひょっとしたら、結婚の挨拶どころじゃないかもしれない」

領地が大変な時に、結婚の挨拶など聞いてもらえない可能性があるし、邪魔になるかもしれない。

父の邪魔はしたくないけど、スレインと結婚もしたい。

色んな思いが渦巻いたエカテリーナは、俯いてしまった。

「大丈夫だって。それに何かあってもウチには父ちゃんと母ちゃんがいるんだぜ？　パッと解決してくれるさ」

そう簡単に言うスレインに、マーリンとメリダは苦笑した。

「お前……いい歳して親を頼ってんじゃねえよ」

「そうだよ。いい加減自分でなんとかしてみな」

「なんだよヒデエな。息子と義理の娘が困ってんだぜ？　助けてくれよ」

そう言われたマーリンとメリダは、顔を見合わせた。

「しょうがねえな。ま、俺らからお前らへの結婚祝いってことで解決してやるか」

「情けない子だねえ、まったく」

口ではそんなことを言っている二人だが、顔は笑っていた。

そして、助けてくれると言われたスレインは。

「いや、結婚祝いはちゃんとくれよ」

ちゃっかりそうお願いするのだった。


翌日、とにかく情報を集めようと、宿場町にあるハンター協会の支部に向かっていたマーリンたち一行だが、その途中で慌ただしい一団が町に駆け込んで来て、そのままマーリンたちの横を通り過ぎ、支部に入っていった。

「何かあったたな」

「どうにも、嫌な予感がするねぇ」

長年のハンターとしての勘か、先ほどの一団の雰囲気からか、マーリンとメリダはそんなことを口にしながら、自分たちもハンター協会支部に入っていった。

そして、そこで最悪の報告を聞くことになる。

「魔物化だ！　竜が魔物化しやがった‼」

先ほど駆け込んできた一団の内の一人がそう叫んでいた。

やはり、とマーリンとメリダはそう思った。

だが、その男の報告はそれだけではなかったのである。

「暴君竜(ぼうくんりゅう)だ！　奴が魔物化したんだ！」

それは最悪中の最悪の報告だった。

あらゆる肉食竜の頂点に立ち、その大きさや凶暴さから暴君と名付けられた竜。

それが魔物化したというのである。

「最悪も最悪だな……」

「これ……カイルの時より深刻なんじゃないのかい？」

マーリンとメリダですら息を呑(の)む報告である。

それを聞かされた支部のハンターたちは半狂乱になった。

「う、うわああっ！　終わりだ！　この世の終わりだ！」

「に、逃げろ！　できるだけ遠くへ逃げろ！」

「死にたくねえ！　死にたくねえよ‼」

本来、魔物を討伐し市民を守る立場にあるハンターたちが、我先に逃げ出そうと走り出した。

「ちょっ……」

そのあまりに情けない姿に、思わずメリダが制止しようとしたその時、支部の扉が開き、ハンターたちを外に出さないように人が立ちふさがった。

「てっ、てめえ！　そこをどきやがれ！」

興奮したハンターの一人が立ちふさがった人物に怒声を浴びせるが、横にいた護衛と思われる騎士に一喝された。

「無礼者！　この御方はプロイセン領の領主、ルーカス＝フォン＝プロイセン枢機卿猊(げい)下(か)なるぞ！」

ハンター協会支部に現れた男は、よく見ると創神教の神子服(みこふく)を着ている。

その装飾の荘厳(そうごん)さから、地位の高い人物だと思われたが、まさかの領主、枢機卿であった。

「報告は聞いた。ずっとこの町で待機していたからね。それより、なぜ君たちは逃げ出そうとしているのだい？」

おっとりと、だが言い訳は許さないという意思を込めて枢機卿はハンターたちを見つめた。

その視線に気圧されるハンターたちだったが、自分の命が懸かっているのである。

彼らは必死に弁明した。

「竜だぞ⁉　しかも暴君竜が魔物化したんだぞ！　そんなもん討伐できるわけねえだろ！」

「そうだ！　そんなに言うなら、アンタが戦場に出ればいいじゃねえか！」

とてもではないが勝ち目などない。

そんな相手に戦いを挑むのは死にに行くようなものだと必死に伝えた。

ハンターたちの必死の弁明を聞いた枢機卿は深い溜め息を吐いた。

「そんなことは分かっているよ。竜はただでさえ恐ろしい存在だ。それが魔物化したとなれば、どれほどの脅威になるかも分からない」

「だ、だったら」

「だが、それでは誰があの暴君を倒すのだ⁉　我々は、ただ暴君竜に食い尽くされるのを待つしかないのか⁉」

先ほどまでのおっとりした口調から、急に強い口調でそう言った。

「誰かがやらねばならんのだ！　私に戦闘の力があれば私が出たい。だが、私に戦う力はないのだ！」

そう叫ぶ枢機卿は、本当に悔しいという思いからか、目に涙を浮かべていた。

「どうか頼む、我々に力を貸してくれないだろうか⁉」

そう言って、深々と頭を下げる枢機卿。

滅多にお目にかかることができない程高位の聖職者である枢機卿が、頭を下げている。

イースの国民として、その行為に頷きたいハンターたちであったが、どうしても恐怖が勝ってしまい誰一人頷くことができない。

そんな沈黙が続く中、ただ一人声を上げた者がいた。

「ったく、情けねえな。お前らそれでも魔物ハンターかよ」

「え？」

枢機卿は思わず声のした方を見た。

そこにいたのは、四十を超えたと思われる中年の男性とその連れたち。

そして、その中の一人を見て、自分の目を疑った。

「カーチェ？」

「お父様……」

ハンターの一団の中に娘がいたことに驚く枢機卿だったが、そこで数日前に届いた手紙のことを思い出した。

そこには、旅の途中で知り合った男性と恋仲になり、近々結婚するつもりでいること。その男性は、かの有名な人物の息子で……。

「ま、まさか……賢者様、導師様？」

枢機卿がそう呟くと、ハンターたちが一斉にマーリンたちを見た。

「そんなまさか……このような時に、かの英雄が……」

「あぁ、そういう言い方はむず痒いからやめてくれ。確かに俺がマーリン＝ウォルフォードだ」

「アタシはメリダ、マーリンの妻です。それと……」

「は、初めまして！　マーリンとメリダの息子のスレイン＝ウォルフォードです！　む、むむ娘さんとお付き合いをさせて頂いておりまして、今日はその、けけけ結婚のご挨拶に！」

「こんな時に何を口走ってんだいアンタは！」

「あいたっ！」

この非常事態に、突然結婚の挨拶をし出したスレインの頭を、メリダが思い切りド突いた。

あまりに急に始まったやり取りに、ハンターたちも枢機卿もついていけない。

そんな中、エカテリーナが父に向かって話し始めた。

「ごめんなさい、お父様、こんな大変な時に」

「あ、ああ、いや。まさかお前が、あの賢者様、導師様と縁を繋いでいるとは夢にも思わなかったが……それ自体は喜ばしいことだし、謝られることではないよ。ただ……」

「分かってるわ。こんな非常事態に結婚もなにもない。そういうのはこの事態が収まってから、よね」

「う、うむ」

「それなら大丈夫よ。だって……」

エカテリーナはそう言うと、マーリンとメリダを見た。

「賢者様と導師様が、暴君竜を倒してくれるって言ってくれたもの」

その言葉に、不敵に笑うマーリンと小さく息を吐くメリダ。

エカテリーナの言葉がゆっくりとハンターたちの体に染みていき、やがて……。

『うおおおおおっ！！！！』

歓声が巻き起こった。

「スゲエ！　賢者様だ！　賢者様と導師様が参戦してくださる!!」

「勝った！　これで勝った！」

「ああ、神様！」

ハンターたちの熱狂ぶりは相当で、誰も彼もが自分たちの勝利を疑っていなかった。

「お、おお……なんということだ……神は我々を見放してはいなかった……」

そう呟いた枢機卿は、マーリンたちの前に跪いた。

「ちょっ！　ちょっとお父様、やめて！」

目の前で父に跪かれたエカテリーナは、慌てて枢機卿を立たせた。

「しかしカーチェ、我々のために立ち上がってくれるお二人に敬意を払うのは当然だろう？」

「そうだけど、言葉だけでいいから。娘の前で跪くとかやめて！」

エカテリーナの必死の願いで、ようやく立ち上がった枢機卿は、改めてマーリンたちに向き直った。

「この度は、本当にありがとうございま……」

「ああ、そういうのはいいから、えーっと、名前知らねえんだけど、カーチェの父ちゃん」

「あ、ルーカスです。ルーカスと呼んでください」

「そんじゃルーカス。早速討伐してくるから、今どこにいるのか教えてくれ」

「あ、はい。誰か、賢者様に教えて差し上げてくれ」

ルーカスがそう言うと、先ほど報告に走ってきたハンターの一人が前に出た。

「それが……」

だが、そのハンターは少し口ごもった。

その様子に、嫌な予感がさらに膨らむマーリン。

「保護区を逃げ出して、こちらに向かっているのです」

さらに最悪の報告を聞かされた。

◆

宿場町を出発したマーリンたち一行は、竜の保護区に向かって一直線に走っていた。

魔物化した暴君竜がこちらに向かっているのであれば、そのどこかで鉢合わせするはずだからである。

今まで経験したことのない強大な魔物を相手にするということで、マーリンとメリダにも緊張はあるが、スレインたちは若干震えている。

「おい、今からそんなに緊張してたら身が持たねえぞ」

さっき言われたのと同じ台詞をまた言われたスレインは、あまり余裕がない様子で答えた。

「そ、そんなこと言ったって！　相手は災害級よりスゲエ魔物なんだろ⁉　緊張するなって方が無理だよ！」

スレインのその言葉に、他の面々も首肯する。

そんな弟子たちを見たメリダは、今までとは違う真剣さで声を掛けた。

「今回の魔物を相手にして情けないなんて言わないよ。アンタたちが感じているそれは尤（もっと）もな恐怖だ。だけど、恐怖に呑まれたら死ぬんだ。それだけは覚えておきな」

失敗したら死ぬ。

今まで、何度か災害級の魔物を相手にすることもあった。

だけど、その時ですらメリダはそんなこと言わなかった。

なぜなら、マーリンなら災害級の魔物ですら倒せることを知っているからだ。

だが、今回は違う。

元の状態でも災害級の魔物より強いかもしれない竜。

それが魔物化したら、どんな脅威になるか分かったものじゃない。

だからメリダは、勝てると断言しなかった。

それが、スレインたちの恐怖をより増強させてしまった。

「やれやれ、逆効果だったかね」

「お前でも失敗することとあんのか」

メリダの言葉で逆に固くなってしまったスレインたちを見て、失敗したと思うメリダと、珍しいものを見たと驚くマーリン。

「アタシは失敗ばっかりだよ」

「なんだよ、珍しく弱気だな。歳か？」

「喧嘩売ってんのかい⁉」

この緊急事態に、いつも通りの軽口を言い合うマーリンとメリダ。

そんな二人の様子を見たスレインたちは、ようやく少し緊張がほぐれた。

「お、ようやく表情に余裕が出てきたな」

「そりゃ、そんなやり取り見せられちゃな」

「はは。戦闘において一番駄目なのは平常心を失うことだ。いつも通りがいいんだよ。いつも通りが」

軽い調子でそう言うマーリンだったが、その言葉を放った後、急に顔が強張った。

「おいおい……これ、マジか？」

前方を見ながらそう言うマーリン。

スレインたちも、その理由はすぐに分かった。

「ナニコレ？」

「き、気持ち悪……」

あまりのことに、思わず茫然（ぼうぜん）としてしまうスレインと、強烈な魔力に気分が悪くなるエカテリーナ。

「これが……これが竜の魔物……」

ディセウムは、はるか前方の魔力を感じてそう呟いた。

まだ視認できる距離ではないのに、強く感じる魔物の魔力。

それこそ、想像を超える禍々（まがまが）しさでこちらに向かって来る竜の魔物だった。

「ここらで馬車止めんぞ」

いつもより低いトーンでそう言ったマーリンは、馬車を止めて降りた。

全員が馬車や馬から降りて竜の魔物を迎え撃つ。

マーリンとメリダ以外は、襲い来る異常な魔物に恐怖を隠し切れない。

やがて視認できるまで近付いてくると、その威容（いよう）が確認できた。

「スゲエな……迫力だけならカイル以上だ」

高さにして五メートルはあり、全長も二十メートルに達しそうな大きさ。

禍々しい魔力を振りまき、巨体を震わせながら走ってくる姿は正に怪獣。

今まで見たことがない光景に、マーリンは思わず感心してしまった。

「感心してる場合じゃないよ！」

「分かってる！」

かつて対戦した魔人となったカイルよりも、迫力だけなら上を行っているとマーリンは感じた。

だが、魔力に関しては……。

「はっ！　所詮は獣だろ！　カイルの足元にも及ばねえよ！」

そう叫んだマーリンは、爆発の魔法を全力で叩き込んだ。

「いけえええっ！」

集められるだけ魔力を集めて放たれたその一撃は、向かい来る竜の魔物を巻き込んで大爆発を起こした。

地面に大きなクレーターが出来るほどの大爆発を起こした魔法の余波で、マーリンたちにも衝撃波が来た。

「相変わらず無茶するねえ！」

それを、メリダの張った障壁が防ぐ。

対して、障壁も張れない魔物は、その魔法をまともに受けて吹き飛んだ。

「ス、スゲエ……」

初めてマーリンの全力を見たスレインは、そのあまりの凄さに感嘆の声しか出ない。

「これは凄いですね」

「あの時先生が見せてくれたのも、全力じゃなかったんだ……」

ディセウムも驚いているが、エカテリーナもかつてマーリンが見せたとんでもない魔法が、実は力を抑えたものだとようやく理解した。

それほどに凄まじい爆発だったのだ。

「これは……もう倒したんちゃいます？」

「……いや、あれほどの魔力を持った魔物が、これで死ぬとは……」

『GYAWOOOOOO!!』

マーリンの言葉を途中で遮る形で、竜の魔物は咆哮(ほうこう)をあげた。

それは、自分に害を成すものに対する怒りの咆哮であり、その声を聞いたスレインたちは、あまりの威圧に体が硬直してしまった。

「ちっ、やっぱりな。竜の皮ってのは固えな」

「もっと威力を収束させた魔法の方がいいんじゃないのかい？」

「そうだな……っと！」

メリダのアドバイスを受けたマーリンは、今度は炎を細く収束させ槍状にしたものを竜に向けて放った。

『GYAAAA!!』

さすがにこれは効いたのか、暴君竜の体の表面に傷が出来た。

そして、マーリンの魔法が着弾した後、それに突っ込んでいく者がいた。

「でえりゃあああっ‼」

魔法が着弾した竜が怯んだ隙に、ミッシェルが突っ込んでいきマーリンが付けた傷の上から剣を突き刺した。

『GYAAAAAA』

深々と刺さった剣から伝わる痛みに、竜は暴れた。

「おっと！」

咄嗟に剣を引き抜き、暴れる暴君竜から距離を取るミッシェル。

「おいおい、無茶するなあ。さすがは『斬り狂い』ってか？」

「そう呼ばれるようになったのは、マーリン殿が散々魔物を斬らせてくれたからですけどね……おっと！」

「危ねっ！」

マーリンとミッシェルが軽口を叩き合っている間に、暴れていた暴君竜が突っ込んできた。

怒りに任せて闇雲に突っ込んでくるだけの魔物など、歴戦のマーリンと戦闘の勘を取り戻したミッシェルにとっては容易く避けられるものであった。

「アンタたち！　油断するんじゃないよ！」

「分かってるよ！」

「ふんっ！」

『ＧＩＩＹＡＡＡ‼』

今度は、地面に土の槍を発生させ足止めをするマーリンと、その足に斬り付けるミッシェル。

ハンターたちが絶望するほどの魔物を相手に、一方的に攻め立てているマーリンとミッシェルを見て、スレインたちもようやく余裕が出てきた。

「お、俺たちもやろう！」

「ああ、行くぞ！」

スレインとディセウムが、一斉に魔法を放った。

それは、直接は効いていないかもしれないが、暴君竜の気を逸らすのには十分だった。

『ＧＡＡＡＡ‼』

新たに現れた敵に怒りを向ける暴君竜は、スレインとディセウムの方へと突進してきた。

「「ひっ！」」

「させないよ！」

暴君竜の突進の迫力に、思わず仰け反るスレインとディセウムだったが、その手前でメリダの発生させた物理障壁が暴君竜の突進を阻む。

「よくやった‼」

そして体勢を崩したところに、もう一度炎の槍を打ち込むマーリン。

『GYUOO……』

「これやったら！」

今まで出番のなかったアーロンも、マーリンの魔法で弱った今ならと、ミッシェルと同じように剣を突き刺した。

「こっちも食らっとけ！」

反対側からもミッシェルが剣を突き刺す。

マーリンの魔法、アーロンとミッシェルの剣により、ようやくその場に崩れ落ちた暴君竜。

あれほど恐怖を感じた魔物を相手に、まさかの圧勝である。

スレイン、エカテリーナ、ディセウムの三人は、その戦果に思わず叫んだ。

「うおおっ！　父ちゃんスゲエ！」

「さすがです先生！」

「もう一度この目で見させて頂きました。やはりマーリン殿は凄い！」

三人はもう有頂天（うちょうてん）である。

だが、三人は気付いていなかった。

暴君竜は倒れただけで、まだ息絶えていなかったことに。

「馬鹿っ!!　止めを刺すまで油断するんじゃない!!」

メリダが叫んだ時には、すでに遅かった。

「え？」

振り向いたエカテリーナが見たのは、さっきまで崩れ落ちていたはずの暴君竜が、最後の力を振り絞り、こちらに顎を広げて飛び込んできた光景だった。

「あ……」

あまりの光景に、エカテリーナは体が硬直し、一歩も動けない。

このまま食べられてしまうのかな？

そんなことまで考えてしまった。

だが……。

「カーチエエエッッ!!」

「キャアッ!!」

ドンッという衝撃と共に、エカテリーナは吹っ飛んだ。

「い、いた……」

その痛みに、自分が生きていることを悟った。

そして、周囲を確認したその目に、信じられない光景が飛び込んできた。

「う、うそだ……いや、いやあああっっ‼」

飛び込んできた暴君竜に、右腕を肩口から食いちぎられ横たわるスレインの姿だった。

「いやっ！　やだっ！　スレイン、やだあっ‼」

半狂乱になりながら、スレインの下へと駆け寄るエカテリーナ。

「こ、このトカゲ野郎があっ‼」

その横では、マーリンが怒りのあまり、先ほど放ったものより数倍多い数の炎の槍を暴君竜に叩き込んだ。

その結果、暴君竜の首から先は全て消失し、ようやく息の根を止めることができた。

だが、止めを刺すのが一歩遅れたマーリンは、自分が取り返しのつかない失敗をしたことを思い知った。

「いや……いやっ！　止まらない！　血が止まらないよぉ‼」

「なんて……なんてこった……」

必死に治癒魔法を使うエカテリーナだったが、スレインが負った傷はあまりに深かった。

どれだけ治癒魔法をかけても、あまりにも深く食いちぎられており、止めどなく血が溢（あふ）れてくる。

それを必死に止めようとして、エカテリーナも血まみれになっていた。

「うそ……うそだよ……」

エカテリーナが必死に治癒魔法を掛けているところに、メリダもフラフラとやってきた。

「ア、アタシが……アタシが障壁を張るのが遅れたから……」

「違えっ！　俺が！　俺が止めを刺すのが遅れたから」

「お二人とも！　そんな言い争いをしている場合ではありません！　早く、早くスレインを治療しないと！」

ディセウムのその声に、マーリンとメリダはようやく我に返った。

「そうだ！　カーチェ！　治るだろ⁉　スレインは治るだろ⁉」

「早く！　早く血を止めておくれ！　ああ！　こんなに血が！」

「止まらないんです！　血が止まらないんですうっ‼」

マーリンとメリダの懇願（こんがん）に、エカテリーナは泣きながら答える。

どれだけ必死に魔法を使っても一向に治ってくれない。

そんな絶望的な状況の中で、スレインの左手がエカテリーナの治癒魔法を掛けている手に触れた。

「スレイン⁉」

「カーチェ……もう、いい、よ」

「いやっ！　そんなこと言わないでよっ！　治すから！　私が治すからあっ！」

スレインの手を握りながらそう叫ぶエカテリーナは、顔中が血と涙でグチャグチャになっている。

それでもエカテリーナは諦められなかった。

「けっこん、するんでしょ……こどもうむよ……ししょ……おかあさんとおとうさんにまごをみせてあげるんでしょお……」

そう言って号泣しているエカテリーナの頰に、スレインは指でそっと触れた。

「ご、めん、な……」

「いやっ！　いやあっ‼」

まるで、エカテリーナを残して逝くことを謝っているように聞こえたエカテリーナは、力の限り拒絶の叫び声をあげた。

そんなスレインに、マーリンとメリダからも叱咤の声が掛かる。

「諦めんな馬鹿野郎！　それでも俺の息子かっ⁉」

「そうだよ！　アタシの息子が、こんな……こんな簡単に諦めんじゃないよ‼」

そう言って息子を叱るマーリンとメリダだったが、二人の目からは滂沱の涙が流れている。

二人とも、なんとなく分かっているのだ。

もう……スレインは助からないことを。

それでも、たった一人の息子を失うことの恐怖心から、二人は必死にスレインに呼び掛け続ける。

だが……。

「と、ちゃ……かあちゃ……」

「ん？　なんだ？　どうした？」

「どうしたの？　スレイン？」

微かに自分たちを呼ぶ声が聞こえたマーリンとメリダは、スレインに声を掛けた。

すると、スレインはフッと笑った。

「あり……がと……」

「ば、ばかやろう……」

「スレイン！　スレイン!!」

恐らく最後になるであろう言葉で感謝の言葉を掛けられたマーリンとメリダは、もう涙が止まらない。

そして、スレインは力を振り絞ってエカテリーナを呼んだ。

「カ、チェ」

「スレイン、すれいぃん」

名前を呼ばれたエカテリーナは、スレインの手を握って縋(すが)りついた。

そして、そんなエカテリーナに、スレインは……。

「あ、い、し、て……る」

そう言い残した後……。

そのまま……息を引き取った。

「すれいん？　スレイン！　やだ……やだっ！　いやあああああっ!!」

人類の脅威となる魔物化した竜。

それを食い止めた際に払った犠牲は……。

あまりに大きかった。

◆

宿場町に戻ってきたマーリンたちを出迎えたのは、ルーカス枢機卿を始めとした、町の住民全員だった。

帰ってきたということは、竜の魔物を討伐したということなので、初めは歓声が上がった。

だが、あまりに憔悴した表情のマーリンとメリダ、そして血まみれのエカテリーナを見て、歓声が止んだ。

代表して何があったのかを聞いたルーカスは、娘の結婚相手となるはずだったスレインが亡くなってしまったことを知った。

恋人を失ったエカテリーナの絶望は深く、一目見ただけで心を閉ざしていることが分かった。

同じく絶望に打ちひしがれているマーリンとメリダにも何と声を掛けていいのか分からず、ルーカスはマーリンたちのケアをディセウムたちに任せ、自分はエカテリーナのケアに努めた。


「どうでっか？　カーチェの様子は……」

アーロンにそう聞かれたルーカスは、力なく首を振った。

「ハンター協会の支部で別れたときは、彼と一緒にいて幸せそうなのが伝わってきていた。それが……今は私の言葉に反応すらしないよ……」

ルーカスは、自分の言葉すら届かない程の絶望に囚われている娘の姿を思い出した。

あまりにも反応がないので、本当に生きているのかどうかすら怪しいと思う程だった。

そんなエカテリーナの様子を聞いたディセウムは、沈痛な表情で言った。

「ついさっきまで幸せの中にいたのに……今は生きる気力が残っているのかすら怪しい状態だな」

「……ラブラブでしたからなあ。正直、カーチェが後を追わへんか、それが心配ですわ」

「そうだね……実際、それが一番怖いよ」

「そんな……」

エカテリーナが後を追うかもしれない。

それは、エカテリーナの父としては衝撃的な言葉だった。

「殿下(でんか)」

そこへ、マーリンとメリダに付いていたミッシェルが戻ってきた。

「どうだった？　マーリンとメリダ師は？」

「こちらも重症ですな。お互い自分が悪いと己を責め合っております。マーリン殿は止めを刺すのが遅れたから、メリダ殿は障壁を張るのが遅れたからと」

「お二人は自分の子供を亡くされた訳だからな……正直どうケアしていいのか分からないよ」

男四人が集まって顔を突き合わせ、深い溜め息を吐いた。

マーリンたちが暴君竜の魔物を討伐して……スレインが亡くなって数日が経過した頃、

ようやくマーリンとメリダは話ができる状態になった。

「……何が賢者だ、何が英雄だ。俺は……親友も……自分の息子すら守ることができなかった……最低の男だ」

だが、マーリンの受けた衝撃は大きく、親友だったカイルを助けられなかったときと同様に自分を責めていた。

「アタシは今まで、何を偉そうに教えてきたのかねえ……大事なことを何も伝えられてなくて……絶対やっちゃいけない失敗をしちまった……」

メリダの方も、深い反省と後悔でいつもの強気な姿は見る影もなく、すっかり憔悴しきってしまった。

二人とも、一気に老け込んだようにも見える。

だが、まだ二人はマシな方だ。

もっと危険な状態の人物がいる。

「マーリン殿、メリダ師……こんなときに大変申し訳ないのですが、お力をお借りしたいのです」

そう言うディセウムに、マーリンとメリダは自嘲気味に笑った。

「こんな張りぼての英雄に、できることなんざあるのかねえ」

「まったくだ、何が導師だい。とんだお笑い種だね」

そう言って自分を貶め続ける二人。

だが、ディセウムはどうしても二人の手を借りなければいけなかった。

「……カーチェが危険な状態です」

ディセウムがそう言うと、マーリンとメリダは視線を向けてきた。

「どういうこった?」

マーリンの疑問に、ディセウムは辛そうな顔でエカテリーナの状態を告げた。

「カーチェは……スレインを失ったショックで現実から逃避しています。正直、このままではカーチェの心が壊れてしまう」

そこまで言ったディセウムは、息を整えてこう言った。

「カーチェが壊れてしまうのは……スレインも望まないでしょう?」

そう言われた二人は、しばらく俯いたあと、同時に立ち上がった。

「カーチェのところに案内しろ」

「マーリン殿……」

「あの子は義娘だからねえ。面倒見るのは当然さね」

メリダはそう言うと、マーリンと共にエカテリーナのもとへと向かった。

そして、エカテリーナの部屋の扉を開けたマーリンとメリダが見たのは、妄想の中で生きるエカテリーナの姿だった。

「パパ、おそいでちゅねえ……いつになったら帰ってくるんでちゅかねえ……」

そこにいたのは、いもしない赤ん坊を腕に抱き、見えない我が子に向かって、もういないスレインがいつ帰ってくるのかと話しかけている、エカテリーナの姿だった。

その姿を見たマーリンとメリダは、涙が込み上げてくるのを抑えられなかった。

今エカテリーナが生きている妄想の世界は、あのまま何事もなければ現実になっていたはずの世界だ。

スレインの子供を産み、仕事から帰ってくる旦那を待つ。

本当だったら、訪れていたはずの未来。

その失った未来があまりにも大き過ぎたため、エカテリーナは妄想の中に逃げ込んでしまったのだ。

「……お願いします。もうカーチェの心は限界です。これ以上は……」

そう懇願してきたのは実父であるルーカスだ。

もう自分の声ではエカテリーナに届かないと諦めたルーカスは、藁（わら）にも縋る思いでマーリンたちに頼み込んだのだ。

「そうだな……カーチェは俺たちにとっても義娘だ。なんとかするさ」

「……お願いします」

複雑な思いに蓋（ふた）をして、深々と頭を下げるルーカス。

そのルーカスに見送られて、マーリンたちは部屋に入った。

「カーチェ」

マーリンは、ベッドに座るエカテリーナに声を掛けた。

すると、驚いたことにエカテリーナが反応してこちらを向いたのだ。

「あ、お義父さん、お義母さん。ごめんなさい、主人、まだ帰ってないんですよ」

赤ん坊を抱く仕草をしながらそんなことを言うエカテリーナ。

「あ、よしよし。ほら、おばあちゃんでちゅよお」

「カーチェ」

「お義母さん、この子抱いてあげてくださいよ」

「カーチェッ‼」

妄想の我が子を抱かせようとするエカテリーナを、メリダは強い口調で呼んだ。

すると、長年に渡る修行で怒鳴(どな)られたからだろうか、エカテリーナの体がビクッと反応した。

「あの子はもういない。アンタが抱いてるその子も、本当はいないんだ！」

その言葉を聞いたエカテリーナは、途端に泣きそうな顔になった。

「あ、あ、そんな、嘘！　赤ちゃんは？　私とスレインの赤ちゃんは⁉」

メリダの声で急に現実に引き戻されたエカテリーナは、妄想で作り上げた我が子を見失ってしまい狼狽えた。

そんなエカテリーナに、メリダは心を鬼にして告げた。

「いないんだよ！　そんな子は……もう、どれだけ望んでも……いないんだよ……」

「うそですよ……だって、スレイン言ってくれたもの……父ちゃんと母ちゃんに孫を見せてやるんだって……だから、私、わたしぃ……」

そう言って泣きだしたエカテリーナを、メリダは強く、強く抱きしめた。

「アタシだって、アタシだってアンタたちの子供が見たかった。孫をこの手で抱きたかった！　でも、でも……もうそれは叶わないんだよ……」

強い女性で、今まで泣き顔なんて一度も見せなかったメリダが、泣いている。

その事実が、この悲劇が現実であることをエカテリーナに突き付けた。

「うえ……うえぇ……あああああああ」

それからしばらく、その部屋からはエカテリーナの嗚咽が聞こえていた。

エカテリーナを抱きしめるメリダも、その二人を抱えるように抱きしめているマーリンも、ずっと泣いていた。

涙が、悲しみを押し流してくれるまで、ずっと……。

◆

マーリンとメリダの手によって、エカテリーナが現実世界に戻ってきて数日後、マーリンたちのパーティーは解散することになった。

アーロンは、エルスにおけるメリダの魔道具の販売権を手土産に戻ることになった。

元々、クルトでの魔道具販売権の獲得により、戻った先の商会で幹部の座が約束されているアーロンは、今後さらに出世してみせると息巻いていた。

「気を付けろよ？　お前、今は口より手が先に出るようになっちまってんだからな」

「ホンマですわ。自分、なんの修行しにきたんやろ？」

「剣じゃねえの？」

「オヤッさん非道い！」

あまりに悲しい出来事があったので、できるだけ笑って別れようと決めていたアーロンは、無理矢理にでも笑っていた。

「アーロン、簡単に騙されるんじゃないよ。また騙されたら拳骨食らわせにいくからね！」

「ちょっ！　ホンマに止めてください！　常に背後にお師匠さんの気配を感じてしまうわ！」

「ふふふ」

メリダとアーロンのやり取りに、エカテリーナが小さく笑った。

その笑顔を見たアーロンはようやくホッとした。

「カーチェ、今までありがとうな」

「こちらこそ」

「まあ、お互い、お師匠さんの弟子同士、これからも頑張ろや」

「ええ、お互いに」

アーロンとエカテリーナはそう言って握手をした。

「ホナ！　ボチボチ行きまっさ！」

そう言って、メリダに新調してもらった荷馬車の御者台(ぎょしゃだい)に座った。

「元気でな！」

「皆さんも！　お元気で！」

そう言って手を振りながらアーロンは去って行き、やがて見えなくなった。

「行っちゃいましたね……」

「さて、アタシらもそろそろ行くかね」

「……もう行っちゃうんですね」

アーロンを見送ったエカテリーナは、今度はメリダたちが行ってしまうことを悲しんだ。

「ああ。この子も……休ませてやらないとね……」

そう言って、メリダは馬車に乗せている棺に目をやった。

「……」

それは氷の魔法によって冷凍されたスレインの棺であった。

アールスハイドには、マーリンの母であるサンドラの墓がある。

できれば、家族の近くに埋葬してやりたかったのだ。

「寂しいですけど……ここに埋葬したら、私は本当に一歩も動けない気がしますから」

エカテリーナはそう言って、儚げに微笑んだ。

そのエカテリーナの様子に、先日の状態からよく持ち直したものだとメリダは内心では感心していた。

「そうかい……そうかもね」

「はい。ですから、スレインのこと、よろしくお願いします『師匠』」

「……」

エカテリーナは、メリダのことを師匠と呼ぶことで、そこからの決別も宣言した。

もう、メリダに頼ったりしないと。

そういう意思表示である。

「ああ。分かったよ小娘」

「あ、そこに戻るんですね……」

「いいじゃないか。アンタはいつまで経っても、アタシにとっちゃあ小娘だよ」

そう言ってメリダはエカテリーナに笑いかけた。

それに、エカテリーナも笑顔で応える。

「はい！」

そうしてメリダとの別れを済ませたエカテリーナは、マーリンに頭を撫(な)でられた。

「……頑張れな」

「先生……はい！　今までありがとうございました！」

「私はこれから簡単には会えなくなってしまうけど、ずっと君の味方だよ。いつでもアールスハイドを頼っておいで」

「ディー兄さん……最高に強い後ろ盾ですね！」

「はは、なんせ大国アールスハイドの王太子だからね、私は」

「本当に忘れかけてましたね」

ディセウムとエカテリーナは、そう言って笑い合った。

「それでは、これで本当にお別れです」

「ミッシェルさん。今までありがとうございました」

「さて、行くぞ！」

マーリンはそう言うと、馬車を走らせた。

「さようなら！　本当にありがとうございました！」

エカテリーナは馬車が見えなくなるまでずっと手を振っていた。

そして、馬車が見えなくなっても、しばらく馬車の消えた方向を見続けていた。

「カーチェ、そろそろ行こうか」

「……うん」

父ルーカスの言葉に、エカテリーナはそう返事をするが、一歩も動こうとしない。

娘の気持ちを察したルーカスは、エカテリーナの頭をポンと叩いて。

「落ち着いたら来なさい」

そう言って、馬車に乗り込んだ。

残されたエカテリーナは止めどなく流れ出る涙を抑えることもせず、マーリンたちの馬車が向かった方向を、いつまでも……いつまでも見ていた。

こうして、マーリンたちの旅は、終わりを告げたのだった。

エピローグ

　スレインを失った原因が自分にあると自分を責めていたマーリンとメリダは、その状況で一緒にいることが苦痛になり、旅から戻ってしばらくした後、離婚した。

　英雄が離婚したというニュースがまたしても王都を駆け巡ったため、あまりにも煩(わずら)わしくなったマーリンとメリダは、同じアールスハイド王国内だが隠居(いんきょ)することを決め、再び王都を出た。

　アールスハイドに戻ってすぐに、婚約者ジュリアと結婚式をあげ、尚且つ戴冠式(たいかんしき)までさせられて新王となったディセウムは、王都を出て隠居するというマーリンに、できるだけ近いところに隠居してくれと、懇願(こんがん)してきた。

　ミッシェルは、アールスハイドに戻った後騎士団総長に就任し、マーリンとの旅で散々魔物を斬りつくし、剣を極めたということで『剣聖』の称号を得た。

　その称号を得たミッシェルは、賢者の称号を嫌がるマーリンの気持ちがよく分かったと理解を示した。

そして、そのマーリンは……。

「なんだ。また愚痴か」

息子を亡くし、妻と別れ、森の奥地で隠居するようになったからか、以前までの粗暴さは全くなくなり、一気に老け込んでしまった。

その日は、ここしばらく遊びに来ていないディセウムから届いた手紙を読んでいた。

ちなみに手紙の内容は、政治に対する不満と愚痴。そして、去年生まれた息子が可愛くて仕方がないという内容だった。

そして、マーリンの気持ちが、今なら痛いほど分かるとも書いてあった。

「ほ、生意気なことを言いよる。そうか、ディセウムも人の親になったか……」

かつて存在していた息子と、義娘になるはずだった二人のことを思い出したマーリンは、気分を変えようと食事の準備をすることにした。

「む？　いかん、食料がなくなっていたか」

マーリンは、面倒だが街に買い出しに行くことにした。

「まずいな、一雨きそうじゃの」

めっきり老け込んだマーリンは、喋り方も時折老人っぽい言葉が出るようになった。

歳は取りたくないものだと思いつつ街へと急ぐ。

すると。

「むう、やはり降ってきおったか」

途中で雨に降られてしまったマーリンは、街道脇に木が茂っているところまで行って雨宿りをしようとした。

だが、そこには……。

「こ、これは……」

魔物に襲われ、跡形もなく破壊された馬車と、バラバラになって散乱してしまっている人の遺体を見つけた。

遺体の状況から見て、襲われてからまだそんなに時間は経っていないだろう。

あともう少し早くマーリンがここを通りかかっていたら、彼らの命は助かったかもしれない。

「また間に合わんかったか……」

そう呟いたマーリンは、首を振ると馬車の残骸に向き合った。

「せめて弔ってやるとするか……」

そう言って炎の魔法を使おうとしたとき……。

「っ！　今！」

マーリンは誰かの泣き声を聞いた気がした。

しかし、魔物に襲われた場合、魔力を持っている生物は好んで襲われる。

この状態で生き残りがいるとは考えにくかった。

そして、再度魔法を起動させようとしたとき。

「あぅあー」

明らかに子供の声がしたのだ。

「まさか⁉　どこだ⁉」

マーリンは必死に声の主を捜した。

馬車の瓦礫(がれき)を掻き分け、声のした方を捜す。

すると……。

「なんということだ……」

一歳くらいの赤ん坊が泣いていた。

魔物に襲われて生き延びていたのだ。

「……奇跡だ」

マーリンにはそうとしか思えなかった。

そして、泣き続けている赤ん坊が怪我をしていることに気が付いた。

「よし、待っておれよ」

そう言ったマーリンは、赤ん坊に治癒魔法を掛けた。

昔、よくエカテリーナの治癒魔法を見ていたので見様見真似で覚えていたのだ。

治癒魔法により怪我が治ると、赤ん坊は落ち着いたのかすぐに眠ってしまった。

「なんと強い子だ」

そうして眠ってしまった赤ん坊を抱いて、マーリンはどうすべきか考えた。

馬車は、全く原型を留めないほど破壊されている。

それは人も同じ状態だ。

つまり、この子がどこの誰だか判別のしようがないということだ。

親族がいればそこに預けることもできるが、それができない。

しょうがないので孤児院に預けようかと考えたその時、マーリンの脳裏にあの時の状況が思い起こされた。

スレインが亡くなった時、マーリンは激しく後悔した。

なぜスレインに、身を守る術をもっと身に付けさせてやらなかったのかと。

そうすれば今頃、丁度この子くらいの孫を抱いていたはずなのだ。

そんな状況を思い浮かべたマーリンの頭に、天啓ともいうべき考えが降りた。

「この子を、育てろということか？」

今度こそ自分の身を守れるように、今度こそ失敗しないように。

今度こそ、不幸な子を作らないように。

「これは……天命かの……」

そう呟いたマーリンは、その赤ん坊を抱いて、来た道を戻って行った。


「おい！　メリダ！　いるか！」

赤ん坊を抱いたマーリンは、離婚したが割と近くに住んでいるメリダの家を訪ねた。

両手がふさがっているので、大声を出してメリダを呼ぶ。

「何だい！　うるさいねえ！　用があるなら、そこのノッカーを使い……な……」

大声で呼ぶマーリンにこちらも怒鳴りながら出てきたメリダだったが、マーリンが腕に抱いているものを見て絶句した。

「ア、アンタ、それ……」

「魔物に襲われた馬車から発見した。唯一の生き残りだ」

「ま、魔物に⁉　それでよく無事だったねえ……」

「ああ、奇跡だと思う。それでな、この子の身元が分からんのだ。だから……」

「……だから？」

「この子はワシが育てようと思う」

そう言ったマーリンに、メリダは深い溜め息を吐いた。

「アンタねえ……それがどんなに大変なことか分かってるのかい？」

「分かっておる。だが、それでも、ワシはこの子を育てたい」

「何をそんな……」

「この子を見ているとな、どうしても想像してしまうんだ。ワシらには、この子くらいの孫がいたはずだとな」

「……」

マーリンの言葉に、メリダも思わず黙り込んでしまった。

「それに、こう言われとる気がするんだ、今度こそこの子をちゃんと育てろ、今度は失敗するなとな」

「何を馬鹿な……」

「あぁー」

マーリンとメリダが言い争うと、赤ん坊が目を覚まし、泣き始めてしまった。

「ほれ、お前がうるさく言うから起きてしまったじゃないか」

「そんなことあるかい。はいはい、よしよし。大丈夫だよ」

マーリンから赤ん坊を引ったくったメリダは、赤ん坊をあやし始めた。

すると赤ん坊は、屈託のない笑顔をメリダに向けた。

その笑顔を見て、メリダは過去になくしてしまった未来を幻視した。

失われてしまった幸せな未来を思い起こし、メリダは不覚にも涙を流した。

「ワシも同じことを考えたよ。この子の両親には申し訳ないが、ワシはこの子を孫として育てたい」

そう言われたメリダも決断した。

「分かった。アタシもこの子の祖母になってやろうじゃないか」

「そうか」

「アンタに任せるだけじゃ不安だからね」

「なんだそれ」

メリダは赤ん坊をマーリンに手渡した。

「でも、言っとくけど通いだからね！　今更ヨリを戻すとか、格好悪いったらありゃしないよ！」

「分かっとるわい」

「それならいいさ。ところで、この子の名前は分かってるのかい？」

「いや、残念ながらそういうのが分かるものは一切なかった」

「ならどうするんだい」

「実はな、昔から決めてある名前があるんだ。それは……」

◆

マーリンが赤ん坊を拾ってから数年後。

「シン！　これっ！　お待ち！」

「ばあちゃん怒るからやだ！」

「当たり前さね！　危ないことばっかりして、この子はホントにもう！」

「別に危なくないよ！」

「ちょいとジーク！　クリス！　アンタたちもシンを捕まえるのを手伝っとくれ！」

「ええ⁉　無理ッスよ！」

「ちょっ！　シン、待ちなさい！」

「待たない！」

「いい加減におし‼」

マーリンの家にシンの様子を見に来たメリダの怒声が響いていた。

周囲にはディセウムの護衛であるジークフリードやクリスティーナの姿もある。

メリダたちは、山に入って危ないことばかりするシンにお灸をすえるつもりでいるのだが、マーリンから魔法を習い、騎士団を引退したミッシェルから剣も習い、尋常（じんじょう）ではない速度で習得していっているシンを捕まえられない。

そんな大騒ぎをしているシンたちを、久し振りに遊びに来ていたディセウムが微笑(ほほえ)ましそうに見ていた。

「いやはや、元気に育ったものですなあシン君は」

「ほっほ、そうじゃろ」

「それにしても……」

「なんじゃ？」

「死ぬほど似合ってませんな、その喋り方」

「……お主、喧嘩売っとるのか？」

「いやいや、まさか」

シンを拾って育てる際、マーリンは自らに課したことがある。

それは『シンにとって良き祖父でいること』だった。

そしてマーリンは、シンに対して好々爺(こうこうや)を演じ始めた。

それをずっと続けているうちに、やがてその喋り方が定着し、昔のマーリンを知っている者に激しい違和感を覚えさせていたのだった。

「まあ、なんにせよ、無事に育ってほしいものですな」

「そうじゃの……」

マーリンはそう言うと、追いかけっこをしているシンたちを見た。

その光景に、マーリンは失くしてしまった未来を思い浮かべた。

現実には、逃げている子供は拾い子のシンで、追いかけているのはジークフリードとクリスティーナなのだが、シンを生まれてこられなかった孫に、ジークフリードとクリスティーナを、スレインとエカテリーナに置き換えてしまった。

まだ引き摺っているのだなと、自嘲気味に笑ったマーリンのもとに、メリダから逃げてきたシンが走ってきた。

「じいちゃん！　助けて！」

「おお、よしよし。ほれメリダ。シンが怖がっとるじゃろ、それぐらいにせんか」

「アンタがそうやって甘やかすから、シンが危ないことばっかりするんじゃないか！」

そうやってメリダがマーリンに食って掛かっている間に、シンはこっそり抜け出し、森の中へ逃げ込んでしまった。

「ああ！　またあの子は！」

怒り心頭のメリダをよそに、危機回避が上達したシンのことを微笑ましく見ているマーリンは、この物覚えの良い孫に自分の全てを教え込もうと画策していた。

後年、メリダから死ぬほど怒られるとは、夢にも思っていないマーリンだった。


（おわり）

そういえば王様と王子の護衛二人
描いたことあったかな？
なんとなく描いてみました・・・

■ご意見、ご感想をお寄せください。

ファンレターの宛て先
〒102-8078　東京都千代田区富士見1-8-19　ファミ通文庫編集部
吉岡 剛先生　　菊池政治先生

■QRコードまたはURLより、本書に関するアンケートにご協力ください。

https://ebssl.jp/fb/18/1680

- スマートフォン・フィーチャーフォンの場合、一部対応していない機種もございます。
- 回答の際、特殊なフォーマットや文字コードなどを使用すると、読み取ることができない場合がございます。
- お答えいただいた方全員に、この書籍で使用している画像の無料待ち受けをプレゼントいたします。
- 中学生以下の方は、保護者の方の了承を得てから回答してください。
- サイトにアクセスする際や、登録・メール送信時にかかる通信費はご負担ください。

FBファミ通文庫

賢者の孫 Extra Story 2
張子の英雄

よ2
2-2
1680

2018年7月30日　初版発行

著　者　吉岡 剛
発行者　三坂泰二
発　行　株式会社KADOKAWA
〒102-8177 東京都千代田区富士見2-13-3
電話 0570-060-555(ナビダイヤル)　URL:https://www.kadokawa.co.jp/
編集企画　ファミ通文庫編集部
担　当　佐々木真也
デザイン　coil 世古口敦志
写植・製版　株式会社スタジオ205
印　刷　凸版印刷株式会社

〈本書の内容・不良交換についてのお問い合わせ〉
エンターブレイン カスタマーサポート　0570-060-555 (受付時間 土日祝日を除く 12:00〜17:00)
メールアドレス：support@ml.enterbrain.co.jp　※メールの場合は、商品名をご明記ください。

ISBN978-4-04-735227-8　C0193

定価はカバーに表示してあります。

スレイン＝ウォルフォード

「これが……これが竜の魔物……」
あまりのことに、思わず茫然としてしまうスレイン。

「はっ！　所詮は獣だろ！
カイルの足元にも及ばねえよ！」
そう叫んだマーリンは、
爆発の魔法を全力で叩き込んだ。

「……なんだか、ここだけ空気が甘いな。歯が浮きそうだぜ」
「まあ、付き合い始めなんてこんなもんさ。大目に見てやんなよ」
イチャイチャするスレインとエカテリーナを見て、何とも言えない気分になるマーリン。